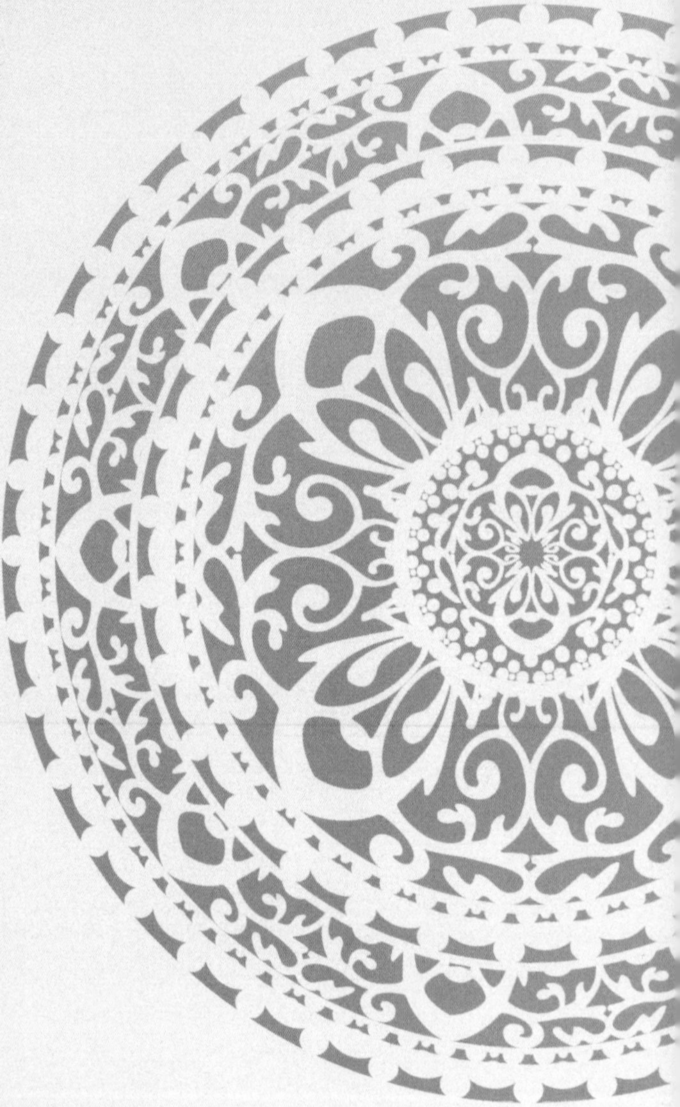

厦门大学出版社
XIAMEN UNIVERSITY PRESS
国家一级出版社
全国百佳图书出版单位

陳桂琛・選評

近代七言絶句初續集

同文書庫・厦門文獻系列 第三輯

拾

图书在版编目(CIP)数据

近代七言绝句初续集/陈桂琛选评. —厦门:厦门大学出版社,2018.9
(同文书库. 厦门文献系列. 第三辑)
ISBN 978-7-5615-6994-8

Ⅰ. ①近… Ⅱ. ①陈… Ⅲ. ①七言绝句—诗集—中国—近代 Ⅳ. ①I222.75

中国版本图书馆 CIP 数据核字(2018)第 196488 号

出 版 人 郑文礼
责任编辑 薛鹏志 章木良
封面设计 李嘉彬
技术编辑 朱 楷

出版发行 厦门大学出版社
社 址 厦门市软件园二期望海路 39 号
邮政编码 361008
总 编 办 0592-2182177 0592-2181406(传真)
营销中心 0592-2184458 0592-2181365
网 址 http://www.xmupress.com
邮 箱 xmupress@126.com
印 刷 厦门集大印刷厂

开本 787 mm×1 092 mm 1/16
印张 13.5
插页 4
字数 200 千字
版次 2018 年 9 月第 1 版
印次 2018 年 9 月第 1 次印刷
定价 160.00 元

厦门大学出版社
微信二维码

厦门大学出版社
微博二维码

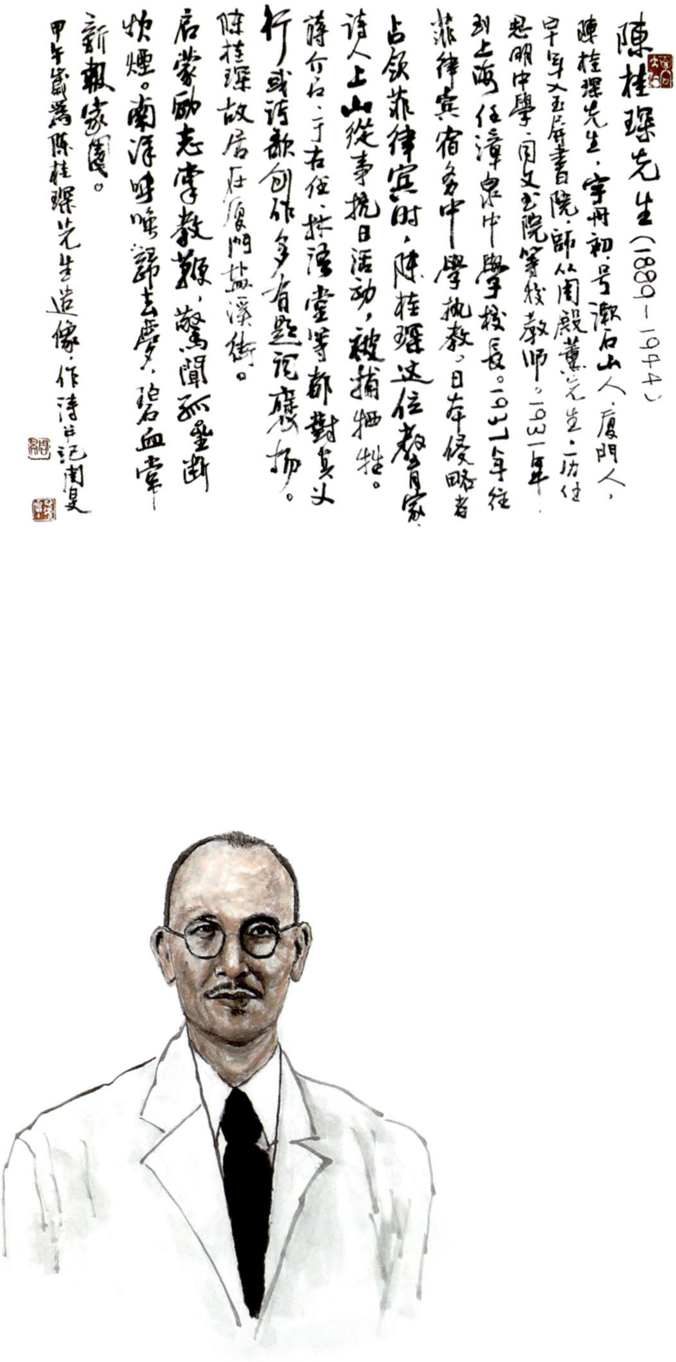
陳桂琛先生（1889-1944）
陳桂琛先生，字冊初，号漱石山人，廈門人，
早年入玉屏書院，師从周殿薰先生。历任
思明中學、同文書院等校教師。一九三一年
到上海，任漳泉中學校長。一九三七年往
菲律宾宿务中學執教。日本侵略者
占領菲律宾时，陳桂琛这位教育家
詩人上山從事抗日活动，被捕犧牲。
詩介石、于右任、林語堂等都對其文
行或詩歌创作多有題记褒揚。
陳桂琛故居在廈門鹽溪街。
启蒙勵志學教難，驚聞孤壘斷
炊煙。南洋呼嘯歸去夢，碧石血常
新報家園。
甲午歲為陳桂琛先生造像，作詩并記 周旻

·陳桂琛（國畫　周旻作）

目錄

前言

《近代七言絕句初續集》收《近代七言絕句初集》和《近代七言絕句續集》二種。《近代七言絕句初集》，陳桂琛選評，謝雲聲、黃壽源校訂，一九三六年八月刊印，厦門玉屏學會發行；《近代七言絕句續集》，陳桂琛選評，陳樹蘭校訂，一九三七年六月刊印，厦門勵志學校發行；二種均由厦門吳寶文印書館承印。《厦門市志（民國）》卷二一『藝文志·集部』合為一種，記為：『《近代七言絕句初續集》二卷，陳桂琛輯。』（厦門市地方志編纂委員會辦公室整理《厦門市志（民國）》，方志出版社一九九九年版，第四九四頁）所選以福建尤其是厦門近代詩最多，其中有部分佚詩；評註精到，且多述及厦門詩壇掌故，頗有文獻價值。現據厦門市圖書館藏本，合為一冊影印重版。

一

陳桂琛（一八八九—一九四四），字丹初，號漱石，別署靖山小隱，福建厦門人，厦門近代教育家和詩人、旅菲華僑抗日義士。其生平履歷，蘇警予撰《陳丹初先生傳略》介紹道：『民國前三年，畢業厦門官立學堂；又三年，畢業福建優勝級師範數學專修科。初任教省立思明中學，兼事務主任；民國七年，改任厦門同文中學教員；並自創辦勵志女學。二十年，任上海泉漳中學校長。兩年歸來，重任同文教職，及專理勵志校務。七七事變後，來菲任宿務中華中學教員，嗣改任古達磨島中華中學教員。日寇南侵，避居古島帛雅淵山中，而於三十三年（一九四四年）六月六日被日寇所殺。』（《陳丹初先生遺稿》，菲律賓一九五九年刊印，『傳略』第一頁）陳桂琛一生寫作勤勉，撰述豐富，生前有詩集《鴻爪集》及選編《己丑生得子唱和集》（一九二六）、《近代七言絕句初集》《近代七言絕句續集》等刊印，遺稿有《漱石山房吟草》六卷、《漫鈔》四卷、《手畢》五卷、《文稿》一卷、《聯語》一卷等。他的好友、門人和親屬，曾整理、選輯其詩文遺稿，編為《陳丹初先生遺稿》，於一九五九年在菲律賓印行；又編《陳丹初先生成仁廿五週年紀念刊》，於一九六九年在菲律賓印行。二書已合編為《陳丹初先生遺稿（外一種）》一冊，收入『同文書庫・厦門文獻系列』第二輯，厦門大學出版社二〇一七年影印再版。

陳桂琛選編《近代七言絕句初集》和《近代七言絕句續集》（以下分別簡稱『初集』『續集』）二書，始於他在上海擔任泉漳中學校長之時。泉漳中學是上海的泉漳會館（泉州和漳州商人集資所建）的附設學校，創辦於一九二二年，所收學生以閩南籍為主。學校規模不大，但師生的愛國活動很活躍。二十世紀三十年代初，厦門莊希泉出任該校董事長，陳桂琛隨之被聘為校長，在校兩年，於一九三二年（壬申）秋卸任返里。（參見陳丹初《雲龍圖》文，見《陳丹初先生成仁廿五週年紀念刊》，第六九頁）一九三二年冬，他在『初集』《自敘》中寫道：『去歲客滬，長泉漳中學，同學多以詩學請。……而學子喜為絕詩，因於古律外，摭古今詩話之論絕句者，編為詩說，又選絕句以盾其後。……

亦聊備學子之借鏡而已。』可見，他選編二集的主要目的是給學生學詩做輔助教材。『初集』黃鴻翔序亦云：『友人丹初……在學校授國文課時，以詩為教材，編成《近代七言絶句》。』初續二集相繼刊印之時，陳桂琛已經回厦門同文中學擔任教職，同時在厦門勵志女校掌管校務。其『續集』《自敍》亦稱：『學課餘暇，檢點叢稿，續評近人七言絶句，間及同社之作，又成百五十首。見者謬謂可補學校教材，慫恿付印，聊復從之。』至於何以從近代入手，則是基於他對讀詩的這樣一種認識：『不佞作詩主順流，由古生律，由三四言而五七言，……不佞讀詩，向主逆流，近代事，非耳聞即目覩，故所選由近而遠也。』（『初集』《自敍》）此外，也與他受陳衍《近代詩鈔》的影響有直接關係。

《近代七言絶句初續集》共入選詩家一百三十六人，詩二百五十九首；其中『初集』六十一人、一百一十首，『續集』七十八人（其中三人與初集重疊）、一百四十九首。《厦門市志（民國）》稱：『是集所選，由近及遠，前繫作者小史，後附點評和按語。續集所載，都未出版之作及散見他書者。輯者頗具苦心，海珊入網，功同掩骼也。』（《厦門市志（民國）》卷二二《藝文志》，第四九四頁）這裏所說的『續集』所選（尤其是厦門詩人）多未出版之作，是其顯著特色。此外，詩的點評表達了選編者的詩學觀點和創作經驗，飽含着真知灼見；而按語對詩的背景介紹，則多留存近代詩壇軼事。可見，這二冊詩選雖然用作輔助教材，但具有獨特的價值和意義。

二

陳丹初的選詩和評論，體現了他的詩詞追求和詩學見解。概括地說，就是選題和內容上注重『詩史』和『史識』，藝術表現上强調『緣情』，推崇『晚唐風韻』，同時也關注各種寫作技法。

『詩史』指詩歌能反映時代面貌和社會現實，具有歷史意義，强調詩史意識、注重詩史功能是中國詩學的重要傳統。陳丹初繼承中國『詩史』傳統，他旅居菲律賓時的詩集《抗戰集》，全景式地反映了中國抗日戰爭的宏偉場景，就是一部波瀾壯闊的抗戰詩史。詩的『史識』則是在詩中表達作者對歷史的識見。『初集』以金和（一八一八—一八八五，字弓叔）為冠，有特別的用意，故自稱『用特表之，冠於茲編』。其評論引《石遺室詩話》語：『弓叔詩，沉痛慘澹，為咸同間之詩史。』這裏强調了金和詩的『詩史』意義。而評論所選《西施詠》《嘲燕》二詩則云：『二詩別開生面，一譏效矉，一譏忘本；效矉者失故，忘本者逐末；胥足發人深省。』這裏彰顯的是作者的『史識』。選評譚嗣同詩二首，也體現了編者的這兩方面追求。其一《獄中絕筆》是近代戊戌變法那一重大歷史事件的象徵，具有詩史意義。另一首《題宋徽宗畫鷹》則獨具史識。評論寫道：『宣和之間，群小當朝；徽宗工作紙上之神鷹，而不知求臺諫之蒼鷹。一任狐兔縱橫，馴至犬羊入寇，忍辱北狩，中原為墟，此作者所以重有感也！「畫中神俊」四字，最耐人尋味。』（『初集』第四九頁）這也就是作者此詩所體現之史識。『初集』詠史懷古類詩佔有相當分量，而對詠史詩的評論也都注重史識。如易佩紳《馬嵬》，評曰：『此題古今作者，發揮殆盡；本詩用意，可謂獨開生面。』（『初集』第五頁）張裕釗《詠史》，詩所詠的是吳越『范蠡浮家子胥死』的歷史事件，評論從詩的史鑒意義入手，突出了作者的史識。

中國詩論稱詩之本質屬性和總體特徵，有『言志』與『緣情』兩大傳統。陳丹初論詩主張『詩貴緣情』（《琴心劍膽樓詩序》，見《陳丹初先生遺稿》，『文集』第二〇頁），故初續二集的點評，也是强調

『緣情』，罕稱『言志』。如『初集』評朱銘盤《寄婦》：『詩思宛轉，一往情深。』評陳寶琛《檳榔嶼李丕耀所建義塚亭二十年前尚乞余記亭有李石像沒十稘矣》：『撫今追昔，一往情深。』『續集』評譚澤闓《夕照》：『有表有裏，列具深情。』評黃鴻藻《送鄭毓臣上舍晉京》：『感懷身世，別具深情。』評李宗禕《自題畫蘭》：『描寫羈情，特見至深。』評龔顯禧《和韞山原韻並呈丹初》：『難遣離合之懷，重以身世之感，公度詩所謂「茫茫相對兩情癡」者。』（『續集』第四〇頁）評李宣龔《夜泊三閘》：『鼓角悲壯，足動羈愁，作者偏以多情遠送為言，是善於推陳出新者。』（『續集』第三三頁）

七言絕句作為舊體詩中一種重要的詩體，具有自己獨特的體性，而在不同時代又形成各具特色的藝術風貌。黃鴻翔在『初集』序言中曾論述各時代七言絕句的不同風貌，指出中晚唐七言絕句主『意』，而以『韻』勝。陳丹初在詩評中特別推崇所選絕句所體現的『晚唐風韻』。如『續集』評朱家駒《題蘇警予謝雲聲〈甲子雜詩合刊〉》：『詩饒風韻，雅近晚唐。』評虞愚《上林處士墓》：『詩宗晚唐，饒有神韻。』評呂澂《和綠天舊主〈蕉葉詞〉》：『情思纏綿，風華獨擅，於晚唐溫李為近。』『初集』評易順鼎《題嘉陵驛》：『此詩含蓄，饒有唐人風韻。』評黃鴻翔《西湖紀遊十四首》：『詠西湖詩夥矣，二詩獨以韻勝。』評項霽《夜舟入郡橘花作香二十里不斷》：『風韻獨絕，步武漁洋。』

陳丹初的評論亦關注寫作技巧，時有作詩技法的提示。比如評柯鴻年《梅生將南歸書此志別》：『詩筆深入顯出，尤妙在如李龍眠白描畫本。』（『續集』第七三頁）李龍眠即北宋畫家李公麟，其畫善用白描。評沈次約《春日雜詩》：『結韻意本尋常，寫來自覺動聽，都緣造語工巧。』（『續集』第七三頁）評李禧《搜篋得〈小豆棚〉說部媵句奉贈丹初》：『寓正意於旁意，借客位為主位，此詩以調度勝者。』（『續集』第九七頁）還有一些點評，已不局限於提示某詩的具體技巧，而是着意揭示某一類詩的一般寫作方法。如評趙熙的送別詩，推而論之曰：『送別詩，就歷史上地理上生情，自能親切有味。』（『初集』第二八頁）評丁傳靖的紀遊詩，亦推而論之曰：『紀遊詩，隨地寄興，帶論往事古蹟，覺無限低回。』（『初集』第五三頁）這裏所講的送別詩和紀遊詩的構思機杼，確是創作經驗之談。

對於詩詞創作中普遍適用的藝術手法，陳丹初在評論中多有揭示，如『翻用』。陳丹初所謂『翻用』，其實是用典的一種方法，但既不同於『正用』，也不等於『反用』；『翻』即反轉、改變，此法可分為翻用典語和翻用典意，要在推陳出新。如彭玉麟《攻克彭澤奪回小姑山要隘》結句『彭郎奪得小姑回』，評語引蘇軾『小姑前年嫁彭郎』句，曰：『結句翻用此典，天衣無縫。』（『初集』第六頁）李正華《題畫竹》結句『咒筍何曾是解人』，評語引黃庭堅『一心咒筍莫成竹』句，曰：『結句翻用此語，推陳出新。』（『續集』第三頁）這是翻用前人語。又如張之洞《讀〈宋史〉》，評語引邵雍『南人作相，天下多事』語，曰：『此詩翻其意，謂南人作相，何負於宋。』（『初集』第七頁）夏敬觀《奉答丹初人日見懷（二首）》句：『及我郵筒春已老，花前憶子苦吟身。』典出自隋朝詩人薛道衡（字玄卿）詩《人日思歸》：『入春才七日，離家已二年。人歸落雁後，思發在花前。』評語稱其『翻薛玄卿人日詩意』。（『初集』第三五頁）這是翻用前人意。再如『襯託』與『烘託』。『襯託』是一種修辭手法，『烘託』則是一種中國畫技法，而在詩詞創作中，這兩種藝術手法相似又有所區別。林葆忻《春盡日石遺師約說詩社諸子飲匹園》：『尚留婪尾壓闌紅，九十春光過眼空。春盡匹園春不盡，我來常覺坐春風。』評曰：『題曰春盡，以坐春風襯託春未盡；用意迴不猶人。』（『初集』第六三頁）婪尾即婪尾春，芍藥花的別名。這裏提示了詩的『襯託』手法；不過在我看來，更準確地說，這首詩是以闌紅等『春盡』景象來襯託坐春風之『春未盡』情感，屬於『反襯』。蘇大山《同香雪藏海園看百葉紅桃花》：『義熙以後無顏色，一樹天留供避秦。得酒管他為晉魏，酡顏借與十分春。』『義熙』是東晉晉安帝的第四個年號，這裏用來承接陶淵明《桃花源記》所謂『晉太元中』（太元是晉安帝即位時沿用的年號）之年代。評曰：『一起便占盡桃花身分，精警奪倫。結韻意本《桃花源記》，而以酡顏二字烘託之，尤見筆妙如環。』（『續集』第七五頁）這裏沒有直接寫所見之『百葉紅桃花』，而是寫看花之人的酒後『酡顏』，烘託桃花之紅、春意之濃。

陳丹初通過對詩的點評，闡述了七言絕句的體性和技法，為初學者揭示了寫作門徑。應該說，他選編的最初目的，即作為學生學詩的輔助教材的初衷是達到了。但是，這兩冊詩選的真正意義並不在於此，而是在於其所保存的地方文獻資料、福建尤其是廈門近代詩史資料，也就是它的地方文獻史料價值。

三

《近代七言絕句初續集》重要的地方文獻史料價值，可概括為：存佚詩、記雅事、憶交遊。

初續二集所選以福建詩人為主，占入選總數的近半。尤其是『續集』，所選七十八人中有福建詩人（含流寓、任職）四十五人，其中廈門詩人（含流寓）三十二人。李禧題跋稱：『下卷所選近人諸作，集皆未出版。一尺珊枝，三年鐵網。功德無量矣。』（李禧為廈門市圖書館藏本所寫的題跋，貼在書前，自署李禧志）這裏所說的，主要指厦門近人諸作。下面對二集所選厦門近代三十四位詩人（『初集』三人、『續集』三十二人，其中一人重複，均含流寓）及其詩集刊行作一勾勒，以見其蒐羅存佚之功及其文獻價值。

施士洁（一八五五—一九二二），字澐舫、雲舫，號耐公，臺灣人，祖籍福建晉江，光緒進士。乙未割臺內渡，歸隱溫陵，後移居鷺門，卒於鼓浪嶼寓廬。曾出任同安馬尾廳通判，一九一三年林爾嘉創立菽莊吟社，他應邀入社，被尊為詩社祭酒。《厦門市志（民國）》云：『施澐舫著《後蘇盦集》，身後菽莊主人將為鏤版，哲嗣不欲，攜稿歸臺，瞬廿餘載矣，未見出版。』（《厦門市志（民國）》，第七三六頁）其後人所保存遺著後來為臺灣黃典權所得；黃氏將其中詩鈔、詞草和文稿等編為《後蘇龕合集》，於一九六五年在臺灣刊行。『初集』選其詩《詠史》一首，未見於《後蘇龕合集》。

陳衍（一八五六—一九三七），字叔伊，號石遺，福建侯官人，近代著名詩人、學者，『同光體』詩派理論代表和實際盟主。一九二三年九月至一九二六年五月任厦門大學國文正教授、國文系主任。後又兩次避兵來厦，與厦門詩人交往頗廣。著有《石遺室詩話》《石遺室詩集》《石遺室文集》等。詩集收入陳步編《陳石遺集》（三冊），福建人民出版社二〇〇一年出版。『初集』選其詩七首，其中《送陳丹初赴上海》二首似為首刊，陳衍詩集未見。

楊浚（一八三〇—一八九〇），字雪滄，一字健公，福建侯官人，原籍晉江。歷主漳州、浯江、厦門各書院講席；『來厦主紫陽講席十有一年』，卒於厦。（見《厦門市志（民國）》，第六八四頁）詩文集《冠悔堂詩鈔》八卷、《駢體文鈔》六卷、《賦鈔》四卷、《楹語》三卷，清光緒間刻印，稀見。臺灣龍文出版社二〇一七年影印出版《冠悔堂集》（十册），為郭秋顯等主編叢書《清代宦臺文人文獻續編》之第七種，收上述詩文賦聯各卷及楊浚所輯《四神志略》十四卷。

李正華（生卒年不詳），字望之，福建廈門人，清道光五年（一八二五）拔貢，曾掌教廈門紫陽書院。今傳詩集，一為江煦、李俊承編《閩三家詩》（私印本，香港一九六二年印行）所收之《問雲山房詩選》，另一為李禧在自己的詩集《夢梅花館詩鈔》（私印本，一九六三年刊印）卷前所附之《問雲山房詩存》，底本得自其再傳弟子後人。李禧在一九五六年所寫的題識中稱，「《問雲山房詩》已湮滅久矣」，作者後人已無識者。『續集』選評一首，見於李禧刊本。

陳棨仁（一八三七—一九〇三），字戟門，又字鐵香，福建晉江人，同治進士。先後主持同安雙溪書院、廈門玉屏書院、紫陽書院多年。有詩集《藤華吟館詩錄》六卷，為其晚年手訂，民國初年刊印，稀見，泉州市圖書館收藏，廈門市圖書館有殘本，國家圖書館則未著錄。已收入『泉州文庫』之《陳棨仁詩文集》，據原版校註排印，商務印書館二〇一八年出版。『續集』所錄《題宋徽宗書〈神霄萬壽宮碑〉》一首，見於《藤華吟館詩錄》卷三。

吳兆荃（？—一八六八），字丹農，號小梅，福建廈門人，官教諭。有《小梅詩存》四卷，清同治三年（一八六四）惜紅仙館刻本，今存。陳丹初在評語中稱，『與文孫考槃稔，因得讀其遺詩』，可知其詩集當時已屬稀見。『續集』所選《告亡》一首，為其廣為流傳之作。

林鶴年（一八四六—一九〇一），字謙章，號氅雲，福建安溪人。清光緒十八年（一八九二）渡臺承辦臺灣茶稅和船捐等，乙未割臺之年內渡，移寓廈門鼓浪嶼，辟怡園，創設『怡園聚詠』，後卒於廈。

詩集《福雅堂詩鈔》十六卷，先後於清光緒二十九年（一九〇三）和民國五年（一九一六）刊印，前者已佚，後者亦稀見。近年有校註本兩種，即『厦門文獻叢刊』本和『臺灣古籍叢編』第八輯所收本，分別於二〇一六年和二〇一七年出版。『續集』所選《滬上謁陳忠愍公祠》，載於詩鈔卷七《春明集》。

呂澂（約一八四六—一九〇八），字淵甫，號默庵，福建厦門人，歷主滄江、玉屏兩書院講席，與王步蟾同為清同光年間厦門最負盛名之文人，著有《青筠堂集》，未梓，已佚；有《介石山房詩稿》，今存民國年間王選閑鈔本一冊，為厦門市圖書館收藏；另，江煦曾輯選其詩為《默庵詩選》，編入《閩三家詩》（江煦、李俊承編，香港一九六二年印行）。『續集』選其詩一首，稱：『詩不多作，絕句尤少，此句自其長公少淵者。』可知有存佚之功。

王步蟾（一八五三—一九〇四），字桂庭，一字金波，福建厦門人，曾任厦門禾山書院山長，後又掌教厦門紫陽書院。有《小蘭雪堂詩集》，刊於清光緒二十九年（一九〇三），早絕版，現已編入『同文書庫・厦門文獻系列』第一輯，厦門大學出版社二〇一六年影印重版。『續集』所選《題陳穆齋太守梅花帳額》，載於詩集卷一。

李鼎臣（一八三〇—一九一一），字梅生，福建同安人，移居厦門。以開設私塾招生授課謀生，精研音韻，曾創設一套註音字母在社會上傳播。詩集有《香奩詩》《鷺江雜詠》，編著《同安竹枝百首》等，均散佚。『續集』所選《簡余少文》一詩，為一時投贈之作，文獻未載。

許南英（一八五五—一九一七），字蘊白，一字允白，祖居臺灣，光緒進士。乙未割臺內渡，歸籍福建龍溪。『鼎革後，居鼓數年』（《厦門市志（民國）》，第六九二頁），入鼓浪嶼菽莊吟社，與同為進士出身的臺灣內渡詩人施士洁、汪春源並稱為菽莊『三老』，同為吟社執牛耳者。詩集《窺園留草》為其後人所編，一九三三年在北平刊印，二十世紀六十年代後在臺灣多次重版。『續集』所選《弔梅》一首，在《窺園留草》中繫於『丙辰（一九一六年）』。

宋應祥（約一八五六—一九三九），字雲五，號尚賓，福建晉江人。曾在廈門設館授徒，後回泉州執教於昭昧國學專修學校，參與創建溫陵弢社，有詩集《古梅山館詩存》，未見。其弟子何世銘在所編《溫陵近代詩鈔》的作者簡介中稱：『先生嘗設帳廈門，予兄弟從受其業，經史多蒙啟迪。』『其遺著已散軼無存，現僅能從弢社四本殘稿中錄出五十五首，略窺梗概。』（《溫陵近代詩鈔》，一九九八年刊印本，第九〇頁）『續集』所選《補破書》亦為弢社詩題。

周殿薰（一八六七—一九三〇），字墨史，一字硯耕，福建廈門人，歷充廈門官立中學堂教習、同文中學校長、廈門圖書館館長。廈門近代著名詩人，菽莊吟社核心吟侶『十八子』之一，曾創立鷺江詩社，詩散見於民國年間廈門書刊文獻，陳衍《石遺室詩話》選錄其詩多首。有《棣華吟館詩文集》，未梓，已佚。『續集』選其詩五首。

陳桂森（生卒年不詳），字樨岑，福建廈門人，廈門鴻麓小學校長，是陳丹初之師。有《修竹山房遺稿》，已佚。陳丹初稱：『吾師於詩不多作，作輒散去，所存遺稿，僅五十餘首。』（『續集』第三八—三九頁）其詩今已難得一見。

黃鴻藻（一八七四—一九一一），字采侯，號芹村，祖居臺灣。乙未割臺內渡，歸籍福建龍溪，後居廈。係黃鴻翔之兄，兄弟俱有文名，《廈門市志（民國）》引吳曾祺贈詩『二陸才名洛下分』句譽之

（《厦門市志（民國）》,第五五八頁）。陳丹初稱其有《芹村詩文稿》,已佚。臺灣施懿琳主編《全臺詩》第二十七冊（臺南：臺灣文學館二〇一三年版）列其專題,僅輯得六題十首。『續集』所選《送鄭毓臣上舍晉京》三首,為《全臺詩》所無,詩的受贈人鄭毓臣所輯詩集《師友風義錄》亦未收,是為佚詩。

龔顯禧（一八七六—一九四四）,字紹庭,福建晉江人。曾任菲律賓中西學校校長多年,辛亥革命後定居厦門,任中學教員。入菽莊吟社,為核心吟侶『十八子』之一,抗戰前夕再度離厦往菲。未見詩集刊行,詩散見於民國年間書刊。『續集』所選《和韞山原韻並呈丹初》二首,未見於他書。

蔡穀仁（一八六七—一九四七）,字乃賡,一字澍邨。世居臺灣,乙未割臺時挈眷内渡泉州,一九二二年移家厦門鼓浪嶼,創辦精一國學社,入菽莊吟社,後卒於鼓嶼。詩散見於閩臺書刊文獻,曾刊印《介石道人六十感懷唱和集》（上海：中華書局一九二八年版）,未見其他詩集印行。《全臺詩》第四十一冊（臺南：臺灣文學館二〇一六年版）輯存其詩四十題七十九首。『續集』所選二首,是他為陳丹初《臥薪嘗膽圖》（山陰馬軼群繪）的題詩,《全臺詩》亦闕。

邱煒萲（一八七四—一九四一）,原名德馨,字萲娛,號菽園,以號行；晚年自號星洲寓公,福建海澄新垵（今厦門海滄）人。旅居星洲,先後創辦多種華文報紙,主持詩會吟社,為南洋華人文壇領軍人物。有筆記《五百石洞天揮麈》《揮麈拾遺》《菽園贅談》,詩集《嘯虹生詩鈔》及續鈔（一九二二年）、《菽園詩集》（一九四九年）等刊行。『續集』選其詩二首,《楊妃》見於《菽園詩集》初編卷七；《二月十六日星洲夜宴示同席諸君（錄一）》見於《嘯虹生詩鈔》卷二。

黃鴻翔（一八八一—一九四四），字幼垣，一字景度，祖居臺灣，乙未割臺內渡，歸籍福建龍溪，後居厦門，任厦門大學教授多年，抗戰爆發後移居香港。有《幼學草》《臺遊草》《東遊草》《汴遊草》《燕遊草》《粵遊草》等。詩集未見刊印，詩散見於民國年間閩臺書刊文獻，其中《粵遊草》三十八首刊於《厦門圖書館聲》一九三五年至一九三七年各期。《厦門市志（民國）》稱其『詩文頗富，劫後散失亦多。』（《厦門市志（民國）》，第七三四頁）《全臺詩》第四十五册（臺南：臺灣文學館二〇一六年版）廣為蒐羅，輯存其詩四十題九十一首。『初集』『續集』共選其詩十三首，其中『續集』所錄《英皇遜位成婚本事詩》八首，《全臺詩》未收。

蘇大山（一八六九—一九五七），字君藻，一字蓀浦，福建晉江人，一九一〇年至一九三二年寓居厦門，任厦門教育會會長，為菽莊吟社核心吟侶『十八子』之一。詩集《紅蘭館詩鈔》八卷於一九二八年刊行，稀見；已編入『同文書庫·厦門文獻系列』第一輯，厦門大學出版社二〇一六年影印重版，另有點校排印本編入『泉州文庫』之《紅蘭館叢書》一書，商務印書館二〇一七年出版。『續集』所選三首，載《紅蘭館詩鈔》卷八《鹿礁集》。

楊遂（生卒年不詳），字稚雲，又字遲園，福建閩侯人，官厦門員警廳廳長，係陳衍弟子。《石遺室詩話續編》稱其工畫能詩，又云：『君清羸善病，謝職去，近復寓厦，取其地氣暄暖也。』（張寅彭主編《民國詩話叢編》第一册，上海書店出版社二〇〇二年版，第六三七頁）『續集』評語稱其『兩度寓厦，與島中人士交好』。又謂有《遲園詩草》，未見。選詩一首，已見於《石遺室詩話續編》卷五。

林爾嘉（一八七五—一九五一），字叔藏，一字菽莊，祖居臺灣，乙未割臺內渡，歸籍福建龍溪，移居厦門鼓浪嶼。一九一三年十月在鼓浪嶼創立菽莊吟社，影響深遠。其詩散見於所編《菽莊叢刻》等書及其他書刊，生前未結集出版。遺稿由其親友整理編為《林菽莊先生詩稿》，於一九七三年在臺北刊印；已編入『同文書庫・厦門文獻系列』第一輯，厦門大學出版社二〇一六年影印重版，又新輯佚詩四十三首附於卷後。所選題鷺島虎溪巖一首，已見於《石遺室詩話續編》卷二。

龔植（一八六九—一九四三），字樵生，福建晉江人，於一八九五年定居鼓浪嶼，是厦門近代書畫名家，也是菽莊吟社核心吟侶『十八子』之一。有《麯穗別館詩存》等，未刊，手稿尚存，一部分（詩存之卷二，有缺頁）為泉州市圖書館收藏，又一部分為厦門收藏家私人收藏，近年曾現身於書畫拍賣會。『續集』選其詩二首，其一《書感》為詩集手稿館藏本所未載。

歐陽楨（生卒年不詳），字少椿，號耐雪，別署弢聿散人，福建厦門人，歷任厦門旭瀛書院、勵志學校教員，厦門大學講師。為民國年間厦門書法名家，參與組織詩社『星社』，詩散見於民國年間厦門書刊，陳丹初稱其有《秋聲吟屋詩文稿》《詞稿》等，未見刊行。『續集』按語稱，其作詩，『隨手棄斥，多不存稿，朋輩中記其遺作，僅十數首，得毋珠玉銷沉之歎耶！』（『續集』第八九頁）所選詩《小樓與眇公寓次相連偶成一首》，後為《厦門市志（民國）・藝術傳》之『歐陽楨』傳所錄。

蘇眇公（一八八八—一九四三），原名郁文，字鑑亭，號眇公，以號行，福建海澄人，歷主厦門、福州、上海報政，任集美學校、厦門中學校教員，有《眇公詩草》，已佚。友人李禧搜集其遺作編成《眇公遺詩》，由李俊承於二十世紀五十年代初在新加坡付排刊印，另有《鷺江惆悵詞》二十多首未收。其後人編有《蘇眇公文集》於二〇〇六年出版，彙集其所著詩詞文章。『續集』所選《十二月廿五夜作》二首，《眇公遺詩》未載，也不見於他書。

黄莪生（生卒年不詳），名悟曾，字莪生，又字曾惺，福建晉江人，厦門《江聲報》《民鐘報》等報編輯，寓厦主筆政多年。曾任泉州國學講習所教習，為溫陵弢社重要成員。有《峨生詩存》一卷，泉州市圖書館收藏，未見。『續集』所選《劫後春》為弢社詩題。

大醒（一八九九—一九五二），別署隨緣，江蘇東台人。一九二八年至一九三二年在厦門南普陀寺擔任監院，並主持閩南佛學院教務。『講席任事之暇，喜於吟詠，嘗與謝君雲聲、何君達安、虞君佛心、蘇君警予諸友結海印社，往來唱和，極盛一時，並出有《七月集》』，是南普陀寺詩僧。（見東初撰《大醒法師小傳》，虞愚、寄塵編《厦門南普陀寺志》，厦門南普陀寺一九三三年刊印，第一〇一頁）有《山居集》《貝葉吟稿》等詩集，均已佚。一九六三年臺北《海潮音》雜誌社集其詩文數十萬言，輯為《大醒法師遺著》（臺北：《海潮音》雜誌社一九六三年版）。『續集』所選一首，已見於陳衍《石遺室詩話續編》卷四。

胡巽（生卒年不詳），字軍弋，一字迍默，福建惠安人。在厦門開設律師事務所，一九三四年創立『星社』詩社，一九三八年厦門淪陷後避居鼓浪嶼，任英華書院教席，病逝於任上。陳丹初稱其有詩集《迍默詩草》，似未刊行，已佚。『續集』所選一首未見於他處。

李禧（一八八三—一九六四），字繡伊，福建厦門人，曾任思明修誌局纂修，厦門大同中學教員、競存小學校長、厦門市圖書館館長。有《夢梅花仙館詩文集》，未見刊行。自編《夢梅花館詩鈔》，分為鹿呦、解放二集，於一九六三年刊印。已收入『同文書庫・厦門文獻系列』第一輯，厦門大學出版社二〇一六年影印重版，並附新輯《李禧詩鈔輯補》和《李禧先生輓詩》。『續集』選其詩四首，其中《搜篋得〈小豆棚〉說部媵句奉贈丹初》一首係佚詩，《夢梅花館詩鈔》新舊版均闕如。

楊昌國（生卒年不詳），字宜侯，福建晉江人，長期居厦鼓及南洋，曾任厦門崇實學校校長。參與創建厦門星社，亦為溫陵弢社重要成員。陳丹初稱其有詩集《船亭詩草》，未見。『續集』所選《鼓岡山弔明監國魯王墓》，為弢社詩題。

蘇甦（一八九四—一九六五），字警予，以字行，福建南安人，世居厦門，曾任厦門同文中學教員，抗戰爆發後往菲律賓，任菲律賓詩社『籟社』首任社長。詩集有《陋巷吟》《菲島雜詩》等多種，陳丹初稱其有《隨天付與廬詩草》，未見。有《隨天付與廬甲子雜詩》與謝雲聲《靈簫閣甲子雜詩》合刊（厦門文化印書館一九二六年印行）；已收入『同文書庫・厦門文獻系列』第一輯之《甲子雜詩・菲島雜詩・海外集》一書，厦門大學出版社二〇一六年影印重版。『續集』所選《野望》一首，見於《隨天付與廬甲子雜詩》，並為《石遺室詩話》卷二九採錄。

謝龍文（一九〇七—一九六七），字雲聲，以字行，號甲盧，福建晉江人，幼隨父遷居厦門。曾任厦門同文中學教員，抗戰爆發後旅居新加坡。陳丹初稱其有詩集《夜眠遲樓詩草》，未見。著述甚多，詩集多種，其中《海外集》收旅居海外所作詩，新加坡一九六七年刊印，已收入『同文書庫・厦門文獻系列』第一輯之《甲子雜詩・菲島雜詩・海外集》一書重版。『續集』所選《過呂西村先生故居》一首，已為《石遺室詩話續編》卷四採錄。

虞愚（一九〇九—一九八九），原名德元，字竹園，浙江山陰人，生於厦門，自幼在厦門就讀。曾任閩南佛學院、省立廈門中學教員，廈門大學教授。陳丹初稱其有《竹園詩草》，未見。詩集《虛白樓詩》於一九四九年付排未刊行，已編入『同文書庫·廈門文獻系列』第二輯，廈門大學出版社二〇一七年影印出版。另有《虞愚文集》三卷（第三卷為詩集）刊行。『續集』所選《上林處士墓》一首，已為《石遺室詩話續編》卷四稱引。

陳治平（一九〇一—一九七四），字覺夫，號十願居士，福建晉江人，少時到廈門就學，後考入同文中學，畢業後到菲律賓華僑學校任教，亦往返於菲、廈，與鷺島詩書名家交遊。二十世紀三十年代自編詩集《琴心劍膽樓詩》，經陳丹初介紹，陳衍於甲戌（一九三四）春日為之作《陳覺夫詩敘》。詩集後改題為《覺夫詩存》，於一九四〇年在菲律賓刊印。『初集』選其詩二首，其中《題秦淮畫舫錄後》一首為《石遺室詩話續編》卷二摘句點評。

此外，陳丹初在評語、按語中也錄存自己所作同題詩和酬唱詩二十二首及十六首摘句，其中不少為其詩集所未收。

上述人物都是廈門乃至閩南近代著名文人。二十世紀四十年代末編纂《廈門志（民國）》時，已故者大都立傳。其中楊浚、陳棨仁、施士洁、許南英、龔顯禧、蔡穀仁、蘇眇公、胡巽入『流寓傳』；呂澂、王步蟾、周殿薰入『儒林傳』；李正華、吳兆荃、林鶴年、李鼎臣、黃鴻翔入『文苑傳』；歐陽楨、龔植入『藝術傳』；編者陳桂琛則入『節義傳』。上述人物也都是廈門近代詩史的一時之選。可以說，除了少數詩家如林豪、汪春源、黃瀚、沈琇瑩、林景仁等外，近代以來至二十世紀三十年代前期廈門重要的詩人都已被網入彀中。

四

《近代七言絕句初續集》在對所選詩進行點評之後，大多加按語，介紹人物關係和詩的本事。尤其是『續集』的厦門詩人，詩的本事多涉及厦門文人交遊、詩人活動等風雅韻事，地方史料豐富。不少按語還記述了陳丹初與厦門及福建省內外其他詩作者的私人交往、詩詞酬贈，這些同樣是厦門近代詩史的珍貴資料。

『續集』詩評和按語多述及厦門詩人雅聚。如評王仁堪詩《榕林題壁》。王仁堪（一八四九—一八九三），字可莊，福建閩縣人，清光緒三年（一八七七）丁丑科狀元。『榕林』即厦門鳳凰山之榕林別墅，係清初黃日紀所築名園。當時王仁堪來厦拜客，厦門士紳宴觴於榕林別墅，王氏即席賦詩題壁。詩評和按語介紹了作者、名園與宴觴題詩之本事，從中可以想見宴集之盛況。（見『續集』第一四—一五頁）

陳丹初居所北谿別墅是二十世紀二三十年代厦門詩人聚會的一個重要場所。『續集』按語多次記述了北谿別墅的宴觴和雅集。如龔顯禧詩《和韞山原韻並呈丹初》二首按語介紹本事，寫道：『歲壬申冬，韞山挐舟過厦，賦詩留別，予和之。序略云：「韞山明經，將北上佐戎徐州，予觴之北谿別墅。時則風雨驟來，賓朋戾止，如續耆英之會，與者十二人；如集聚星之堂，時唯十一月。座中有客，麈談夜分；參軍磨盾，酒後詩成。」詩結韻云：「難得故人風雨至，籀書讀畫又論詩。」座客王君選閑等十二人，並依韻和答。予復延黃羲續圖，裝潢成冊，顏曰：「北谿別墅雅集圖詠。」今韞山墓草已宿，撫圖慨然！』（『續集』第四〇—四一頁）韞山即黃韞山，字允之，廈門人，早年加入中國同盟會，一九一六年參加反袁稱帝。酷愛吹簫，喜好南音，為廈門南音社集安堂主要成員。壬申年十一月為一九三二年十一月底至十二月。其時，黃韞山擬應某軍長之招，參贊戎幕，即將遠行。陳丹初用『如集聚星之堂』來形容此次宴集頗恰切。聚星堂為陳氏堂號，此外還有一層意思，即歐陽修任潁州（今安徽阜陽）知州時所建之所，歐氏曾在此雪中約客賦詩。而蘇軾在四十年後參與了另一次聚星堂雪中會飲，寫下《聚星堂雪》一詩，並在序中回憶前輩韻事。這段按語描述了當年那個風雨之夜北谿別墅宴集賦詩的情景，遺憾的是黃義所繪『北谿別墅雅集圖』已不復見，而當時的唱和詩也大多不存。即如陳丹初自己的這首和詩，《陳丹初先生遺稿》亦未載。

又所選錄李禧詩有《集北溪別墅，與子懌、幼山、小椿讀〈秋蟪草堂詩〉賦呈丹初主人》一首。《秋蟪草堂詩》（李禧《夢梅花館詩鈔》所錄詩題作『秋蟪集』，見新版第六〇頁）當即金和詩集《秋蟪吟館詩鈔》。按語稱：『余所居北溪別墅，與繡伊比鄰。繡伊常偕社侶筆山、吉人、迍默、子懌、幼山、秀人、宜侯、肖岑，夜來談藝，週或數集，更深始散，殆所謂氣味相投者歟？』（『續集』第九七頁）陳丹初舊居北溪別墅與李禧舊居都在鷺島中心區域的鹽溪街，兩家相比鄰。據介紹，陳丹初舊居『是一座兩落的磚石木結構傳統民居，坐北朝南，占地面積二百五十平方米。建築物四週有一道圍牆，兩側圍牆離房屋僅有一米左右，而牆外卻是別人的住宅，一家連着一家，形成一條街』。正廳是會客和詩友聚談的地方，『廳面積約二十平方米，地上鋪設紅磚，原兩側牆邊擺放着紅木椅和茶几，四週牆上懸掛着名家書畫』。（謝明俊《陳桂琛故居》，洪卜仁主編《廈門名人故居》，廈門大學出版社二〇〇七年版，第一六七—一七〇頁）如今，隨着二十一世紀初厦門中華街區的舊城改造，鹽溪街上的名人故居，包括陳丹初舊居、李禧舊居，都已被拆除。而讀着北谿雅集留下的詩章，前輩詩人當年夜聚讀詩談藝的情景仿佛可見。憑弔無所，唯有遐思；雖不能至，心嚮往之。

初續二集所選詩有不少是題贈和酬唱之作，這些詩作留下了當時詩人交往的履跡，而按語則記下了與之相關的一段段文壇掌故。如：王步蟾詩《題陳穆齋太守梅花帳額》，陳穆齋即陳聯科，字穆齋，厦門人，從軍從政。按語介紹了詩之本事，陳穆齋太守梅花帳額的題詞情況、下落，其子出其影本屬題情況，並引自作詩一首摘句。（『續集』第一八—一九頁）楊遂詩《警予以所藏芸皋觀察手札索題感賦》，芸皋觀察即周凱（一七七九—一八三七），字仲禮，號芸皋，浙江富陽人，曾任福建興泉永道，任内編修《厦門志》。按語介紹周凱手札之本事，並引自作詩七絕一首。（『續集』第七七頁）其他如蘇大山《遜臣以蠹餘木假山索題，作此答之》、周殿薰《丹初賢友撰其尊人右銘先生渡海尋骸事略屬題》、蔡穀仁《為丹初題臥薪嘗膽圖》等詩的按語，也都介紹本事，並摘錄其他人的相關詩作。

尤其值得一說的是，『初集』選錄林紓詩《題畫》：『江上安居四十年，開門逐處水葓鮮。心頭未蓄風波險，一任蒲帆向那邊。』此詩見於《畏廬詩存》卷上，為組詩《余每作一畫必草一絕句於其上，二年以來作畫百餘幀，而題句都不省記，强憶得卅首，拉雜錄之》三十首之一。（林紓《畏廬詩存》卷上，商務印書館一九三一年版，第一八頁）陳丹初按語稱：『此詩為予畫箑所題者。』（『初集』第二〇頁）這不僅記下了這首題畫詩的本事，而且披露了林紓與厦門文人書畫交往的鮮為人知的一幕。

陳丹初在按語中多述及與詩作者的交誼，如外地作者夏敬觀、程頌萬、朱家駒、李宣龔、王蘊章、譚澤闓、陳柱、呂萬、黃葆戉、馬萬里、王真；本地詩人吳兆全、李鼎臣、許南英等。這些記述，大多簡略，或只是提及結識的情形，但親見親歷，真實、直觀，也是近代詩史的第一手資料。如記與本地名家李鼎臣交誼：『時先君子方創多吉社四處闡講善書，遇有奧義者，必請先生為之註腳，或衍為淺語，以期家喻戶曉，故予得數見先生，聆其偉論，心竊異之。晚年益窮困，潦倒以終，惜哉！』（『續集』第二〇頁）記與陳衍弟子、福州才女王真（一九〇四—一九七一，字道真，號耐軒，福建侯官人）見面：『壬申秋，余至吳門，訪先生（指陳衍）於聿來堂，耐軒亦在座，示余《華山遊記》，又親見其作畫；為介之吳待秋畫家，談藝竟日，蓋一妙齡才媛也。』（『續集』第一〇二頁）這些形象、具體的描述，亦可補近代詩史之闕。

五

陳桂琛《近代七言絕句初集》和《近代七言絕句續集》的選編，受『同光體』詩派理論代表陳衍及其所編《近代詩鈔》的影響至深，獲益甚多。

陳衍在一九二六年五月辭廈門大學教職返榕後，又於當年九月和一九三一年六月兩次攜眷來廈避兵，與鷺島詩人雅聚談藝，邀遊唱酬，廣交詩友，獎挹新人。一九三一年九月，陳衍經弟子葉長青介紹，離開福建，應聘無錫國學專修學校講席，並在蘇州購屋卜居。其時，陳丹初已在上海泉漳中學任職；陳衍赴蘇途經上海時，便下榻於其寓所。陳丹初回憶道：『辛未秋，先生避兵至廈，相聚匝月，聆其詩教頗多。嗣漳泉中學電催返滬，乃別。……蓋先生本擬與予同行，因行程匆促，不及候。予涖滬一月，先生始來會。予處以三層樓，而自臥短榻。」（陳丹初《石遺老人贈詩》，見《陳丹初先生成仁廿五週年紀念刊》，第六七—六八頁）此後，二人交往日深。陳丹初曾兩次專程赴蘇州探訪；而陳衍多次賦詩以贈，於一九三一年暮秋為其詩稿《鴻爪集》寫跋語，還介紹他與諸多滬上詩詞名家結識。如初續二集所選上海名人程頌萬（一八六五—一九三二，字子大，一字鹿川，號十發居士，湖北甯鄉人）、夏敬觀（一八七五—一九五三，字劍丞，晚號吷庵，江西新建人）、李宣龔（一八七六—一九五三，字拔可，室名碩果亭，福建閩縣人）和陳柱（一八九〇—一九四四，字柱尊，廣西北流人），皆因陳衍的關係而獲與訂交。陳丹初在按語中寫道：『予因石遺先生介紹，識子大於海上，嗣是過從日密。』（『初集』第三七頁）又：『辛未秋，予居海上，因石遺丈之介，赴劍丞宴。劍丞年廑五十許，鬚長髮斑，似古稀人。』（『初集』第三五—三六頁）又：『曩聞石遺先生言：「拔可詩，工於嗟歎，所謂『悽惋得江山助』也。」比來海上，獲與訂交，歸里以還，時通音問，茲得其近作有本事者如右，世之知音，當為之擊節也。』（『續集』第三三頁）陳柱詩的按語則稱：『曩石遺丈與予同寓滬堧，君時來訪，獲與訂交。』（『續集』第八三頁）與滬上詩詞名家的訂交，使陳丹初拓展了視野，增加了識見，也為詩選和詩評積累了豐富的素材。

陳丹初在《近代七言絕句初集》『自敍』中，曾略述其學詩經歷，稱獲與施士洁、陳石遺等大家遊，『聆其詩教，益覺有得』；又稱其一九三一年所刊之詩集《鴻爪集》，係『石遺先生促成編印之』。他沒有述及『自敍』之書是否也得到陳衍的詩教或促成，但是，初續二集的選編得益於陳衍詩論及所編《近代詩鈔》，應是不言而喻的。

首先，從選編的角度看，初續二集與陳衍《近代詩鈔》有多重關聯，尤其是『初集』所選之詩及作者簡介，多採自《近代詩鈔》。『初集』入選詩人，有項霽、施士洁、陳衍、廉泉、邱逢甲、黃鴻翔、吳文照、汪兆銘、蘇曼殊、許世英、張默君十一人未入選《近代詩鈔》，其餘五十位詩人的簡介，僅林紓、程頌萬、王國維、林葵為新撰，其他均從《近代詩鈔》轉錄。所選詩除上述十一人二十四首，以及王闓運、陳寶琛、黃遵憲、林紓、夏敬觀、譚嗣同、潘博等七人的十三首為新選外，其餘七十三首均見載於《近代詩鈔》。顯然，這些入選之詩，是連同作者簡介一起，直接從《近代詩鈔》轉錄而來的。可以說，『初集』的選編是以陳衍《近代詩鈔》為基礎，或者說為主要底本的。對於這一類詩選，編者的着力點在於點評，盡力在點評中闡述詩學見解，表達真知灼見。而『續集』的情況則不同，入選詩人絕大多數為《近代詩鈔》所未收，所選詩見載於《近代詩鈔》者僅李宣龔詩一首，二書在內容上不重疊。但是，在選編思路上，『續集』深受《近代詩鈔》的影響，這表現在撤開以編者為中心的人物關係網，着重從編者師友、鄉賢中選取，以有交誼者尤其是閩人為主。

其次，從評論的角度看，初續二集的部分點評和按語，以陳衍的詩話和評論為出發點，既有引用、引證，也有引申、補充。直接引用陳衍《石遺室詩話》與《近代詩鈔》之論的，計『初集』十人，『續集』八人（九則）；所引評論有對所選詩的具體點評，更多的是總論作者詩的基本特色。而有創見的是對陳衍之論的闡發和史料補充。如『續集』選周殿薰（墨史）詩五首，其一《詠史》亦為《石遺室詩話》選錄、點評（題作《張良》）。《石遺室詩話》卷二九云：『鬮題鬥勝之作，本不足傳。有時詠史、詠物亦有能見其大者。墨史有《張良》絕句云：「葅醢韓彭縶酈侯，毒於烏喙敢夷猶。五湖盡入炎劉地，不託遊仙何處遊？」……』（張寅彭主編《民國詩話叢編》第一冊，第三九三頁）陳丹初評曰：

『此先師「吟香小築」擊鉢吟也。《石遺室詩話》：「鬮題門勝之作，本不足傳，此獨能見其大。」』（『續集』第三五頁）評語概括了陳衍之意，又指出周墨史絕句係『擊鉢吟』，對陳衍所謂『鬮題門勝之作』作了具體說明。選林爾嘉《甲戌春日題虎谿巖》，引《石遺室詩話》『山不厭高，「還愛此山低」，語妙』的評論，接着按語又引《厦門志》對厦門八景之一『虎溪夜月』的詳細介紹，為『還愛此山低』作註腳。（『續集』第八七頁）選陳治平（覺夫）《題秦淮畫舫錄後》，評曰：『此覺夫同文課藝之作。石遺老人賞之曰：「頗婉而多風。」』（『續集』第一〇〇頁）陳衍的評語出自《石遺室詩話續編》卷二：『丹初門人陳覺夫，年少嗜詩，……《題秦淮畫舫錄後》云：「無端灑盡相思淚，添作秦淮日夜潮。」頗婉而多風。』（張寅彭主編《民國詩話叢編》第一冊，第五四三頁）『婉而多風』即婉轉而多寓嘲諷之意，『風』通『諷』。《石遺室詩話》僅引後二句，而『續集』則收錄全詩，又說明詩的出處。這些引用和引申，都顯示了陳衍詩論的影響。

可以說，陳丹初《近代七言絕句初續集》的選編，與陳衍《近代詩鈔》一脈相承，有着明顯的師承關係。但是，《近代七言絕句初續集》也具有顯著的特色，不僅整體上帶有鮮明的地域色彩，而且編纂方式和選擇對象、敘述內容都極具個性，在民國年間稀有的近代詩選中可謂別具一格，從文獻編纂的角度看，也有其獨特的價值。

洪峻峰

二〇一八年四月於厦門大學

分册目录

《近代七言絕句初集》

目錄

《近代七言絕句續集》

目錄

近代七言絶句集

陳丹初選評
黃蔭書耑

友璇校兄諟正
丹初寄贈

近代七言絕句

初集

陳桂琛選評

黃序

王弇州云：『七言絕，盛唐主氣，氣完而意不甚工；中晚唐主意，意工而氣不甚完。然各有至者，未可以時代優劣也。』漁洋以爲確論。余更補充其說，前者調高，後者韻勝。學之者，但講聲調，不免浮腔之失；專研丰韻，易蹈傚顰之譏。蓋調與韻，文也；氣與意，質也。文易襲，而質難假，故往往得其皃而遺其神。宋人七絕意妙者，莫如介甫，而韻則減矣；氣充者，莫如放翁，而調則遜矣。然皆不失爲善學唐人者也。後此則翁山之學盛唐，漁洋之學中晚，雖其博大精深，或有不及宋賢處；而文質兼賅，駸駸乎欲與唐賢爭一席矣。龔定盦之七絕，至爲奇肆，其解放格律，殆與少陵無殊，此則偏師獨出，不蹈恆蹊者也；其影響于清季之新學詩家，至深且鉅。然非天分卓越者，學之常失之粗獷，故唐宋風格在舊詩壇，仍佔重要地位焉。友人丹初，夙攻疇人之術，然於文學獨有偏嗜，故喜吟詠，在學校授國文課時，以詩爲教材，編成近代七言絕句。詳加攷證評定，厥功甚劬。書成，徵序于余。余與丹初所居密邇，昕夕過從，輒以詩爲談資；爰述私見，弁于簡端，倘亦壞流之一助歟？
中華民國二十五年孟夏龍溪黃鴻翔書于梅林。

自叙

不佞於詩，未嘗學問，弱冠時，略事吟詠，抑揚嘈嘖，不成章也；嗣與菽莊海天鷺江諸詩社，作擊缽吟，頓生興趣，又獲與施雲舫陳石遺沈琛笙黃幼垣諸先生游，聆其詩教，益覺有得，放膽爲之，積稿盈寸，亂頭麤服，未遑修飾。其刊爲鴻爪集者：石遺先生促成編印之也。去歲客滬，長泉漳中學，同學多以詩學請。不佞作詩主順流，由古生律，由三四言而五七言，以古不如律對仗之嚴，字多又便於運用。而學子喜爲絕詩，因於古律外，摭古今詩話之論絕句者，編爲詩說．又選絕句以盾其後。以不佞讀詩，向主逆流，近代事，非耳聞卽目覩，故所選由近而遠也。管見所及，附加評語，最錄百首，排印成册，未敢竊附汝南月旦，亦聊備學子之借鏡而已。繼茲有得，當賡續之。海內詩交，幸諟正焉！壬申冬日丹初陳桂琛。

近代七言絶句初集

廈門　陳桂琛　選評

西施詠

金　和　字弓叔，號亞匏，江蘇上元人。邑增生。有秋蟪吟館詩鈔。

溪水溪花一樣春，東施偏讓入宮人。自家未必無顏色，錯絕當年是效顰！

嘲燕

前　人

海燕將雛分外忙，呢喃終日向華堂。生兒盡學江南語，秋後如何反故鄉？

石遺室詩話：「弓叔詩，沈痛慘澹，爲咸同間之詩史」。胡適之論中國五十年來之詩人，首推弓叔。然世罕知弓叔，用特表之，冠於茲編。二詩別開生面，一譏效顰，一譏忘本；效顰者失故，忘本者逐末；胥足發人深省。

詠史

張裕釗　字濂卿，湖北武昌人。咸豐辛亥舉人。有濂亭遺詩。

功名富貴盡危機，烹狗藏弓劇可悲！范蠡浮家子胥死，可憐吳越兩鴟夷！

吳越鴟夷，一生一死；知幾之士，千古有幾？△按：梁衆異詠范蠡詩，謂：『貪功未見幾』。石遺詩老廣其意云：『范蠡貪功又見幾，平吳纔肯逐鴟夷。若教早避藏弓禍，那有黃金鑄我時！』可謂妙語解頤。

夕陽

鄭守廉字仲濂，福建閩侯人。咸豐壬子進士，官吏部主事。

水碧沙明慘澹間，問君西下幾時還？樂遊原上驅車過，愁絕詩人李義山！

石遺室詩話：『王阮亭之「僕射陂頭疏雨歇，夕陽山映夕陽樓」。

黃莘田之「夕陽大是無情物，又送牆東一日春」。可與此同稱某夕陽矣』。末韻如司空詩品所謂：『不著一字，盡得風流』者。

看落卷五十本頗有升沈之感

王闓運字壬秋，湖南湘潭人。咸豐乙卯舉人，晚欽賜翰林院檢討，民國國史館館長。有湘綺樓詩。

名場辛苦望誰知？未死春蠶尚吐絲！祇恐柯亭不重到，枯椽燒盡玉龍枝。

壬秋先生老於名場，未獲登第；同病相憐，寄慨獨深。

馬嵬錄一

易佩紳字子笏，號笏山，湖南龍陽人。咸豐戊午舉人，官至江蘇布政使。有函樓詩鈔。

傾國非徒絕代姿，尤憑巧慧結恩私。可憐揣盡君王意，未揣君王掩面時！

此題古今作者，發揮殆盡；本詩用意，可謂獨開生面。

夜舟入郡橘花作香二十里不斷

項　霽　字雁湖，浙江瑞安人。幼耽吟詠，長棄舉子業，專意攻詩。

碧流如玉駕扁舟，樹影離離夜氣秋；新月一鈎花兩岸，水香扶夢到溫州。

風韻獨絕，步武漁洋。陸以湉云：「溫州二字，鮮有人詩者；此獨擅長」。

攻克彭澤奪回小姑山要隘

彭玉麟 字雪琴，湖南衡陽人。諸生，官至兵部尚書，謚剛直。有彭剛直詩稿。

書生笑率戰船來，江上旌旗耀日開。十萬貔貅齊奏凱，彭郎奪得小姑回！

剛直善爲詩，下筆立就；此奪回太平軍佔領小姑山時戲題於崖壁者。東坡詩云：「小姑前年嫁彭郎」。結句翻用此典，天衣無縫。

讀宋史

張之洞 字孝達，號香濤，一號壺公，又稱廣雅；直隸南皮人。同治癸亥探花，官體仁閣大學士，軍機大臣，著有廣雅堂詩。

南人不相宋家傳，自詡津橋警杜鵑。辛苦李綱虞允文文天祥陸秀夫輩，追隨寒日到虞淵。李，閩人；虞，蜀人；文，吉水人；陸，楚人；皆南人。

邵康節謂：「南人作相，天下多事」。實指王荊公而言。此詩翻其意，謂南人作相，何負於宋；亦以見預言之不足憑也。

失題 錄二

陳寶琛 字伯潛，號弢庵，又號橘隱；福建閩縣人。同治戊辰進士，官至太傅。有滄趣樓詩。

建瓴千里走灘聲，滙到雙流瀨頓平。入峽海潮還出峽，和沙淘盡可憐生！

菜花香後橘花香，田舍家風別衆芳。說向城坊猶不省，野人何日献君王？

吾師弢庵先生，爲淸廢帝師傅。廢帝退位，避居津門，徙居大連。先生扈從，始終不渝，跡其身世，極似金之元遺山。而僞國成立，獨翛然事外，其出處不苟，爲季世所罕覯。此二詩，一寓浮萍之感，一寫獻芹之思；可以覘其節概矣。▲歲乙亥二月朔，師歿於津門，余哭以詩云：『少入詞林老帝師，魯靈光殿孰肩隨。劇憐噩夢歸箕宿，獨唱王風補黍離。白雪門庭容我立，青氈事業負公知。一行墨妙章先德，珍重今同手澤遺』。

山木蔓生能去鴉片毒人稱中興樹

前　人

漏卮狂欒甚金繒，悔禍天心儻可憑？僥倖山中開草木，也隨時世謚中興！

公絕詩一意旋轉，不爲狹韻所拘，有庖丁解牛之技，即此可見一斑。首句隸事貼切，化俗爲雅；次句爲上下文作線索，結韻與時勢造英雄，同一寄慨。

梹榔嶼李丕耀所建義冢亭二十年前嘗乞余記亭有李石像沒十稘矣

前人

一塵曾墜海西南，刺眼青山急欲探。却對石人兩無語，鬢華墓樹各毵毵！

撫今追昔，一往情深。

立春

寶廷 字竹坡，號偶齋，宗室。同治戊辰進士，官至禮部右侍郎。有偶齋詩草。

坐對辛盤意黯然，吟情又入早春天。詩人漫說春光好，一度春來老一年！

予立春日有句云：『草爲春來榮，人爲春來老』！與此詩同一感慨，而遜其醞藉。

讀史記世家感齊姜及趙衰妻事得兩絕句

陳豪 字藍洲，號邁庵，晚號止庵，浙江仁和縣人。同治庚午優貢，官湖北漢川縣知縣，著冬暄草堂詩文集。

深閨俠氣謝纏綿，醉遣功高十九年。偏賞從亡忘故劍，豈徒慚恨介山田！

迎將翟女恨來遲，異腹同根不損慈！念舊知興雙絕調，黃金合鑄趙家姬。

齊姜速重耳之行，趙姬處狄女之下，同一遠識；春秋時，何多英雌也。然求齊姜尚易，求趙姬實難。兩詩均就本事作比較，深得左氏諷刺晉文之旨。

乙亥雜詩 錄一

黃遵憲 字公度，廣東嘉應人。同治癸酉舉人，官湖南按察使。有日本國志，人境廬詩集。

生是天驕死鬼雄，全歐震蕩氣猶龍！世間一切人平等，若算人皇只乃公。

公度自注：「拿破崙紀功碑」。△按：先生喜以舊文學運新思想；嘗曰：「以我之手，寫我之口，古豈能牽拘邪」？此詩就表面觀之，似推崇拿翁，然實寓以驕致敗之意。

日本雜詩錄二

前人

巨海茫茫浸四圍，三山風引是耶非？蓬萊淸淺經多少，依舊蜻蜓點水飛。

公度自注：「神武嘗至大和，登山而望曰：「美哉，國乎！其如蜻蜓之點水乎」?故日本又名蜻蜓洲』。詩意謂世運變遷,形勢如故;而運古入化,神韻特佳。

斯文一脈記傳燈,四百年來付老僧;始變儒冠除法服,林家孫祖號中興。

公度自注:『日本保元以降,區宇雲擾,士大夫皆從事金革;惟浮屠氏始習文。林信勝嘗讀書僧院,有老僧欲强度之,不可。當時儒者,別立名目,禿其顱,不列儒林。及信勝之孫信篤,慨然以人道即儒道,不可斥爲制外,請於德川常憲,許種髮敘官,世始知有儒云』。▲按:中國文化,輸入日本,始於晉武太康六年。其後源源不絕,日人來中國留學者,僧與學生並派,大化革新,此輩留學生,與有力焉。信勝,信篤,墨名儒行，獨以儒道改革僧道，開日本之儒風。飲水思源，當知所自。

題嘉陵驛

易順鼎　字實甫，又字中實，自號哭庵；湖南龍陽人。光緒乙亥舉人，官廣西右江道。有集。

春風如夢草萋萋，萬里巴山更向西。不許行人頭不白，嘉陵江上杜鵑啼。

哭庵詩多騁才氣，一瀉無餘，此詩含蓄，饒有唐人風韻。

葉臨恭見過既去擬作論詩僅得六首　錄二

陳　書　字伯初，號叔玉。又號木庵；福建侯官人。光緒乙亥舉人，官直隸博野縣知縣。有木庵先生集。

八代文章枉起衰，馬班爛調豎儒知。由來耳目爭新樣，不廢江河果是誰？

焚書豈識更求書，萬古洪流到石渠。黔首不曾愚一箇，翻教人世重鈔胥！

石遺室詩話：「論詩諸作，雅不欲以空言神韻，專事音節者爲然」。

盡除前人

盡除才氣寫新詩，不取心靈兒女詩。要識古人深到處；絕無門徑把人窺。

結一句，謂作家自有機杼，不可依傍門戶也。

詠史

施士洁 字雲舫，號耐公，臺灣人。清光緒丙子進士，官內閣中書。有後蘇龕詩集。

百勝不能當一敗，拔山蓋世亦麤才。淮陰胯下圯橋履，負重徒從忍辱來。

意本東坡留侯論，用韓信作陪，足補前人所未及。△按吾師雲舫先生，以名進士掌教臺澎，海東，彰化，白沙，三書院，尤工詞章；在臺與諸名士更倡迭和，殆無虛日。乙未割臺內渡，歸隱溫陵，移居鷺門。戊午歲，予與錢文顯等，結海天吟社，來復一課，延　師命題訂正。前後十閱月，多詠史詠物之作，由是稍知詩學門徑。越壬戌五月，　師卒於鼓浪嶼寓廬，余賦五絕何哭之，第二首云：「海水羣飛撼七鯤，流離未忍反邱樊，魯陽戈竟難揮日，淒絕當年靖海孫」！謂割臺事起，師開鋤內渡，旅況蕭然，終不願東歸也。

偶念吳天章傅青主遺事感作

謝章鋌 字枚如，福建長樂人。光緒丁丑進士，官內閣中書。有賭棋山莊集。

詩髓誰探第一籌，崔祁相遇亦低頭。桃花依舊河魚上，目斷岷嶓九派流。

自注：王漁洋嘗謂：『吾門人極多，然得髓者，天章也』。『門前九派黃河水，萬點桃花尺半魚』。天章句，漁洋極欣賞。

賣藥溫書自往還，忽逢顧怪一開顏。汀茫未起先生倦，門外何人是傅山。

自注：亭林狷介絕俗，人目為顧怪。至陽曲，多寓傅青主衛生堂藥室中。一日，晚起，青主叩門曰：『汀茫已久，先生尚未起耶』？亭林不解。青主笑曰：『先生講古音，不知古音天音汀，明音茫耶』？

二詩隸事雅切，可謂善用本地風光者。

過自怡軒題壁

楊文瑩　字雪漁，浙江錢塘人。光緒丁丑進士；官翰林編修，貴州學使。有幸草亭詩鈔。

城東舊夥名流宅，兩耳喜無塵市喧。花木能令人悟道，讀書何必不窺園？

中庸引詩云：『鳶飛戾天，魚躍於淵』。又前哲詩云：『不除庭草留生意，好養池魚悟化機』。皆即物悟道之意；董子下帷講授，三年不窺園，讀此當覺其迂；此近世學校，所以亟亟附設校閱也。

詠史

唐　晏 字元素，號涉江；滿洲人。光緒壬午舉人，官陝西□□道，有海上嘉月樓詩。

芒宕西隣大澤濱，枌榆社火自爲隣。可憐呂氏全家族，有女何須奉貴人！

杜牧之論相云：「斷一指，得四海，凡人不欲爲；況以一女子易一族哉」？此詩似本此意。

題畫

林　紓 原名羣玉，字琴南，又字畏廬，福建閩縣人。光緒壬午舉人，官教諭。著有畏廬文集，畏廬詩存，林譯小說等。

江上安居四十年，開門逐處水茳鮮。心頭未蓄風波險，一任蒲帆向那邊。

石遺室詩話：『畏廬題畫絕句，突過大癡，雲林』。△按：此詩爲予書箋所題者。末二句，有委心任運之意。

倚樓望烏山作

陳衍　字叔伊，又字石遺，福建閩侯人。光緒壬午舉人，官學部主事，張南皮督鄂時，聘入幕府，旋委任武昌商業學堂監督。民國後，任北大，廈大，暨南，各大學教授。著有考工記采證補疏，說文舉例，說文采證，說文重文管見，尚書舉要，文字學，近代詩鈔，福建通志，元金遼詩紀事，石遺室詩文集，詩話等。

須信人間是可哀！胥原欒卻幾輿臺。生前事業流傳外，華胄遙遙半費猜。

長此烏山一片青，環山人士幾凋零。倘留一老能憑弔，泉路茫茫誰起聽！

風景不殊，朋歡頓盡，陸平原歎逝賦耶？庾子山思舊銘耶？讀者爲之淒楚，況作者耶？▲按：福州烏石山，舊有雙驂園，爲龔藹人方伯別業。陳木庵先生嘗設帳授徒於此，每値星期，方伯東招陳師弢庵，許公豫生，陳公木庵，等讌集；極一時文酒之盛。嗣改爲師範學堂，余曾肄業其間，閱今近三十年矣。長斯校者，若陳師弢庵，潘師耀如，先後歸道山。瞻望陳跡，令人與今昔之感焉！

上仲兄墳墳在西關外將軍山墳臨蓮池

耄猶能上老兄墳，不使吾家有餒魂。辛苦生兒艱撫育，翻教遙望太行雲。

兄嫂同時辦壟埋，吾兒親爲翦蒿萊。兒今宿草蕭蕭長，猶遲今秋上冢來。

因鴒原之感，而起西河之痛；是治潁濱祭兄文震川思子記爲一爐者。

西遊雜詩 錄一

不道翻車纔覆舟，仲尼愁絕伯夷愁。人間何處非奇險，合眼由天正自由。自注：『出長安四十里至斜口翻車』。

世路險巇，何地不然；惟合眼由天，正得自由耳。結句調本少陵「送客逢春可自由」。而寄慨獨異。

送陳丹初赴上海二首

前　人

「巢父掉頭不肯住，李白乘舟將欲行」。不遣同舟如李郭，客中送主作麼生！

龍華舊是常遊地，五里桃花十里紅。明歲江南春好後，題詩寄我趁東風。

此先生一時興會之作。而風致盎然，具見能者，無所不可。△

按：石遺詩，工於隸事，幽思凝情，酷肖后山。其詩集早已行世，此辛未秋，遇予廈門所贈者，特錄於此。

寄婦

朱銘盤 字曼君，江蘇泰興人。光緒壬午舉人。有桂之華軒詩集。

西風舟在白蘋邊，我與蘋花瘦可憐！欲遣江波遙寄汝，可知流不到門前？

詩思宛轉，一往情深。

瓜步

馮煦 字夢華，號蒿庵，江蘇金壇人。光緒丙戌進士，官安徽巡撫。

瓜步荒烟上遠墟，金焦南望賦歸歟。亂鴉正掠斜帆過，寒柳黃於二月初。

瓜步秋色，如入畫圖，此昔人所謂：『詩中有畫』者。末句調本樊川『霜葉紅於二月花』。而意義自別。

後園晚步 錄一

陳三立 字伯嚴，號散原，江西義甯人。光緒丙戌進士，官吏部主事。有散原精舍詩。

隱隱砧聲落葉聲，晚風牆角自淒清。閒吟剛在啼烏外，銜去江城一片晴。

石遺室詩話『散原爲詩，不肯作一習見語；而荒寒蕭索之景，人所不道，寫之獨覺逼肖』。

題卞玉京楹帖二絕

江　標 字建霞，號萱圃，江蘇元和人。光緒己丑翰林。嘗刻靈鶼閣叢書。

想見衫舒釧重時，玉窗香繭界烏絲。獨愁一事梅村誤，不譽能書祇譽詩！

舉舉師師姓氏迷，飛瓊仙迹近無稽。蠶眠小字珊瑚押，莫誤楊家妹子題！

狄平子云：『信筆揮灑，妙緒天成。覺余澹心板橋記之言，益可徵信』。△按：先生爲學使時，力排群議，講求時務；湘省風氣之開，實爲先河。然竟以是罷去；清廷之憒憒如此，不亡得乎！

送春

徐　珂　字仲可，浙江錢塘人。光緒己丑舉人，官內閣中書。有小自立齋文，眞如室詩，純飛館詞。

枝頭啼鳥欲無語，樓外斜陽相與閒。坐閱堂堂春去盡，更無關鎖是河山！

河山無鎖，春色難留，所謂：『惜春無計留春住』者。

昀谷太守之蜀作下里詞送別石遺老人命錄存之爲補綴如左錄四

趙　熙　字堯生，號香宋，四川榮縣人。光緒庚寅進士，官御史。

心感中年別故交，一官如芥共堂坳。西行却有高僧意，萬水千山自打包。

巫山峽裏玉清泠，人在冰壺一色青。水響猿啼神女怨，雲晴雨澹楚王靈。

九天開出一成都，華屋笙簫溢四隅。半壁由來天府重，獨憐劉禪是人奴！

三生有約來時路，一一親題送子雲。西向定將人日報，草堂花發最思君。

送別詩，就歷史上地理上生情，自能親切有味。

自昂昂溪至齊齊哈爾道中二首

陳懋鼎 字徵宇，福建閩縣人。光緒庚寅進士，官外交部參議。

黃塵滾滾淡斜曛，亂轍枯槎淺不分。天影四低平野盡，一行黑點是牛羣。

一帶寒林路外斜，荒風起處絕栖鴉。平原少作坡陀勢，障得前村十數家。

山行景象，描寫如繪。

平安館寄衣至滬錄一

張謇 字季直，號嗇翁，江蘇通州人。光緒甲午狀元，官翰林院修撰。有張季子詩錄六卷。

孤樓獨坐夜寒天，檢點冬裘付使傳。若把心腸較寒暖，心腸煖過百重棉！

即物見意，善體閨情。

自楊花橋夜歸口占眎內子

冒廣生 字鶴亭，江蘇如皋人。光緒甲午舉人，官淮安關監督。有小三吾亭詩。

踆踆車走傍江干，十里歸程近轉難。常恐林間明月墮，抵家不及兩人看！

歸程近轉難者，恐天曙不及並肩看月耳。此離人思婦之情，人人心中所有，人人筆下所無。

餞春詩無七言絕句補成三首兼懷肯堂錄一

前　人

當前不醉更何待，後日相思亦惘然！曾笑仙人太無賴，要留老眼看桑田。

對酒放歌，及時行樂，視三閱滄桑之仙人，更達觀矣。

丙辰秋在武林購得朱竹垞為汪叟所銘硯明年正月讀風懷詩因成詩案一卷即用此硯時案上膽瓶插蠟梅紅梅各一梅新摘帶雨雨滴硯田覺滿紙香豔可呼起詞客英靈也口占得一詩

前人

摘梅帶雨供軍持，雨點時時落硯池。我有風懷誰省得，竹坨硯注竹坨詩。

絲絲入扣，此詩之以熨貼勝者。

汪香泉爲我畫甌隱園中花木各賦一詩錄一

前人

一分流水二分塵，種就前身薄命因。商女莫歌亡國恨，世間猶有息夫人！桃花

詠桃花者，多以息夫人爲比，蓋誤以桃花夫人有廟，祀春秋息

嫣也。詩本此意影射，亦自恰合。▲按：左氏載息嫣事，既失節矣，自不宜廟祀，其廟祀者，當別一人。憶庸庵筆記載：有桃花夫人，示夢某生曰：『我從息侯入楚，不甘受辱，自殺以殉，其遺誘發，屈志爲楚夫人，生有二子者，乃我之姪云云』。此與劉向列女傳所載相符，乃知姑姪二人之事，判然不同，故予詠息夫人句云：『息嫣入楚旋同穴，屈爲夫人是姪兒。不有庸庵遺記在，左邱一傳久懷疑』。

四月三日船泊長崎口占寄姬人春野時櫻花盛開

廉　泉　號南湖居士，江蘇無錫人。光緒甲午舉人。有南湖集。

總爲情多輕小別，每經高處怕回頭。三山立馬紅如海，是

汝鄉關我舊游。

『天才性語兩兼之』。此俞仲還題南湖集句也。吳稚暉謂：『南湖詩之妙美，可於宣城輞川山谷渭南諸家中求之』，讀者當有真賞。

送竈日作

夏敬觀，字劍丞，江西新建人。光緒甲午舉人，官浙江教育廳長。有吷盦詩存。

災生元二不隨除，漢臘蕭條送竈餘。誰信小神能譴告？人間罪惡不勝書。自注：『禮記祭法鄭注：小神居人之間，司察小過，作譴告者。』

此詩意在教人竊惡，非教人縱惡也。△按拜經樓詩話載：周勤補祀竈詩云：『膠糖祀竈潔春盤，歸到天庭夜未闌。持奏玉皇無好事，且將過惡替人瞞』。與此詩均以意勝。

奉答丹初人日見懷二首

前　人

南州涉七物華新，解和閒謳得幾人？及我郵筒春已老，花前憶子苦吟身。

列嶼環窗海到門，書堂喚起古騷魂。卿詩正有心鐙在，須遺生徒識後村。

二詩情詞並懋。第一首結韻，翻薛玄卿人日詩意。第二首獎飾逾量，愧弗克當。殆所謂愛而忘其醜者歟？△辛未秋，予居海上，因石遺丈之介，赴劍丞宴。劍丞年廑五十許，鬚長髮斑，似古稀人。顧精神矍鑠，與朱彊邨程子大陳伯巖林子有龍榆生黃翦厂陳仁先等，結詞畫二社於康橋，畫山水及白描人物特妙。曾爲　先君子作渡海尋骸圖，附以跋語。畧云：『光緒乙卯，先叔筱濤公，官臺灣兵備道，遭溺疾作，遂歿於任。余童時聞先叔死事，及風濤之險，哀怵猶在心目。今爲丹初先德補寫此圖，固不啻揚雄反騷，所云淮記也。』予謝以詩云：『海上相逢不棄予，两家往事感乘桴。反騷淮記風濤險，爲寫　先人負骨圖。』

桃花洞

程頌萬字子大，一字鹿川，號十髮居士，湖南寧鄉人。光緒癸卯，召試經濟特科，官湖北候補道。有鹿川詩文集。

深閉巖扉別一天，山中甲子記緜緜。笑他海上童男女，不種桃花祇種田。

同一避秦，而種田種桃各異；連綴成詩，有搖曳生姿之妙。▲予因石遺先生紹介，識子大於海上，嗣是過從日密。子大工文辭，善書畫。壬申秋，余奉先　君子墓誌乞書，返廈未三月，而子大之訃至，遺命祔葬長沙先塋。余哭以詩：『有歇浦驪歌生死別，鹿川丘首夢魂安。』及『更有泉臺　先子感，千秋絕筆爲書丹』之句。

羅浮山下人家五首 錄三

邱逢甲 字仲閼，一字仙根，號倉海，臺灣人。光緒己丑進士，官工部主事。甲午中日之役，奉旨督辦團練，乙未割臺，與臺撫唐景崧議自主，事敗歸國，僑居粵中，自署臺灣遺民。其詩已刊行者，有金城唱和集，庚戌羅浮紀遊詩，嶺雲海日樓詩卷，蟄菴詩存，倉海先生詩選等。

仙山久住即神仙，豚栅鷄栖屋數椽。雲霧甜茶紅米酒，抱孫閒過太平年。

深山深處破茅堂，大袖長衫半道裝。八九村童圍一席，孝經教到庶人章。

仙禽啼處藥苗肥，日日攜鋤上翠微。葵葉簑衣棕瓣笠，滿山風雨抱雲歸。

仙根內渡後詩，多憶臺灣而作，沈鬱蒼涼，如伊州之曲。此獨描寫山居太平景象，不着一牢騷語，而慨念益深，讀者可於言外得之。

壺尊

何振岱 字梅生，一字心與，福建閩縣人。光緒丁酉舉人。有姑留稿。

倦將求息何能息，强自爲寬那得寬。靜看飛雲閒看鳥，既憑庭樹又憑欄。

石遺室詩話云：『梅生詩，語能自造，而出以自然。』此詩竟體屬對，錄之以備一格。

江行雜詠十二首 錄三

黃鴻翔 字幼垣，一字景度，祖居臺灣。乙未割臺內渡，歸籍福建龍溪。光緒壬寅舉人，日本東京法政大學畢業，廈門大學教授。有幼學草，臺遊草，東遊草，汴遊草，燕遊草，粵遊草，杜詩研究，白詩研究，昭君故事及關於昭君之文學等。

九派東來勢建瓴，直從京口瀉滄溟。江神似厭奔流急，陡出金焦兩點青。

狂來身爲鐺杓死，東海騎鯨亦等閒。一個詩仙一明月，千年輝映謝公山。

逐客途窮未足哀，扁舟赤壁壯懷開。大江風月三分局，贏得坡仙作賦才。

詩才跌宕，詩筆排奡，唯熟於形勢史事，故能驅遣自如。

西湖紀遊十四首 錄二

前人

豔名相並骨相鄰，自注：『蘇小小墳在西泠，與孤山之馮菊香、馮小青墳，只隔一水。』異代惺惺儘可人。我獨低頭拜秋社，自注：『女俠秋瑾，葬於小小墳旁，今已他徙，惟墓前風雨亭尙存。民國表彰義烈，於其南建秋社。』英雄心事女兒身。

爛紅何日望棲霞，滿樹濃陰感鬢華！莫恨尋春來較晚，蓮花風韻勝桃花。自注：『時當季夏，蓮花盛開。』

詠西湖詩者夥矣，二詩獨以韻勝。第一首憑弔英雌，第二首描寫風光，恰到好處。

秋日雜興二首

林　翰字西園，號羽八。福建莆田人。光緒壬寅舉人。

中原此局算衰殘，蕭瑟江關活計難。白髮黃金雙怪物，看人老大與飢寒。

肯損秋齋一夜眠，望空微唱擘瑤箋。七分星月三分雁，占斷東南萬里天。

前首白髮黃金二語，奇警奪目。次首情思，亦無限蒼涼。歐陽子謂：『詩窮而後工，』信然。

太平湖廢邸賞月

郭則澐 字嘯麓，號蟄園，曾炘子。福建閩縣人。光緒癸卯進士，官銓敍局局長，國務院祕書長。

玉照亭前日易斜，綠沈青瑣屬詩家。荒寒不入金鑾記，此亦宣南掌故花。

高軒門外殷春雷，無主狂枝爛漫開。誰與池臺記興廢，寢園龍樹亦成灰。

騷人覽物，不勝興廢之感！此與李文叔洛陽名園記，同是一樣胸懷。

重九味春太守招同陳壽松 翼棟 袁巽初 思永 兩觀察嵩元

中瑞、吳博泉學莊、李友之益智、三太守鄒筠波鎔、方佩蘭象堃兩大令吳山登高座中有傳誦何棠孫維棣觀察皖中憶杭詩即次其韻

三多 字六橋，蒙古人。杭州駐防，官奉天都統。有可園詩鈔。

除卻西湖不是春，崇樓傑閣日翻新。倘援安石爭墩例，我算西湖舊主人。自注：『自號六橋，故戲云。』

六橋爲樊樊山詩弟子，工於隸事，嘗一臠，可知全鼎之味。

獄中示復生

林　旭 字暾谷，號晚翠，福建侯官人。光緒癸巳解元，官內閣中書，參與新政，加四品卿銜。有晚翠軒集。

青蒲飲泣知何補，慷慨難酬國士恩！我欲君歌千里草，本初健者莫輕言。

石遺室詩話：「當時疾暾谷者，謂暾谷實與謀，袒暾谷者，謂此詩他人所爲，嫁名於暾谷，余謂此無庸爲暾谷諱也，無論是時余居蓮華寺，暾谷無日不來，千里草二語，實有論議而主張之者，但以詩論，首二句，先從事敗說起，後二句，乃追溯未敗之前，吾謀如是，不待咎其不用，而不用之咎在其中，如此倒戟而出之法，非平日揣摩后山絕句，深有得者，豈能爲此，舍暾谷無他人也。」△按：福建文苑傳：「旭三上公車，皆薦不售，則發憤爲歌詩，取路孟郊賈島陳師道楊萬里，苦澁幽僻，自擇百十首刊之。孝胥以爲如啖橄欖，大莊以爲似袁昶，衍以爲春夏行冬令，非所宜。』乃舉用十日而難作，卒年僅二十四。惜哉！文傳中亦載此詩，謂：『千里草，指董福祥也。』

湯陰夜過未能瞻禮岳祠用店壁韻書意

楊深秀 字漪春，山西聞喜人。光緒〇〇進士，官監察御史，參與新政，加四品卿銜。有雪虛聲堂詩鈔。

直抵黃龍奏凱歌，金牌不受奈君何？太行無限英雄骨，化石猶然望渡河。

五國城中望眼枯，罪臣歸骨竟西湖。他年把臂于忠肅，羨爾功成始受誅！

又見金陀撰粹編，臣忠子孝更孫賢。頗聞近有湯陰岳，殺馬不馱秦磵泉。自注：『相傳秦大士公車至湯陰，不謁岳王廟，騾夫問曰：「君秦氏乎？余岳姓，余馬不能送君矣。」秦呵斥之，乃自殺其馬於路，秦不得已，別賃車而行。』

石遺室詩話：『渏昏根柢盤深，筆力遒快，在六君子詩中爲最。此詩第二首，不啻自道，真有詩讖矣。』

獄中絕筆

譚嗣同 字復生，湖南瀏陽人。諸生，官候補道員，加四品卿銜，參與新政。有莽蒼蒼齋詩。

望門投止思張儉，忍死須臾待杜根；我自横刀向天笑，去留肝膽兩崑崙。

臨難不擾，視死如歸；非有素養，曷克臻此。楊椒山句云：「浩氣歸太虛，丹心照千古。」可移作此詩月旦評，豈但日人譜爲樂歌，傳誦海宇已哉。△按：飲冰室詩話：「所謂两崑崙者，其一指南海，其一乃俠客大刀王五，瀏陽作吳鐵樵傳中所稱：王正誼者是也。王五爲幽燕大俠，以保鏢爲業，其勢力範圍，北及山海關，南及淸江浦，生平專以鋤强扶弱爲事，瀏陽少年，嘗從之受劍術，以道義相期許，戊戌之變，瀏陽與謀奪門迎辟事，未就，而瀏陽被逮，王五懷此志不衰，庚子八月，有所布畫，忽爲義和團所戕，賫志以歿。」

題宋徽宗畫鷹

前　人

落日平原拍手呼．畫中神俊世非無。當年狐兔縱橫甚，祇少臺臣似郅都。

宣和之間，群小當朝；徽宗工作紙上之神鷹，而不知求臺諫之蒼鷹。一任狐兔縱橫，馴至犬羊入寇，忍辱北狩，中原爲墟，此作者所以重有感也！『畫中神俊』四字，最耐人尋味。

偶興

吳俊卿 字昌碩，浙江安吉人。官江蘇安東縣知縣。有缶廬詩。

石頭奇似虎當關，破樹枯藤絕壑攀。昨夜夢中馳鐵馬，竟憑畫手奪天山。

結韻用意奇特，非老手不辦。

將理歸裝得馬湘蘭畫幅喜而賦此

王國維　字靜安，浙江海寧人。通中西文字，爲中國文學革命先驅者。江蘇師範學校教習，北京大學研究所，清華學校研究院教授。尤致力於文學，史學，考古學，文字學，有人間詞話。紅樓夢評論等。民國十六年六月二日，在北京頤和園昆明池自殺。

舊苑風流獨擅場，土苴當日睨侯王。書生歸舸眞奇絕，載得金陵馬四孃。

小石叢蘭別樣清，朱絲細字亦精神。君家宰相成何事，羞殺千秋馮玉英。自注：『馬士英善繪事，其遺墨流傳人間者，世人醜之，往往改其名爲馮玉英云。』

前首與彭雪琴『彭郎奪得小姑回』詩句，同一風趣。後首以馬士英之繪事，反映價値重輕，相去霄壤。

堪定詞 錄二

丁惠康 字叔疋，廣東豐順人。邑諸生，官分部主事。

夢回鷄塞念家山，一晌貪歡自等閑。誰分文人感哀豔，年年清淚溼靑衫。自注：『讀李後主詞有作。』

望帝千年慘不歸，珊珊環珮是耶非？金魚玉盌無消息，慟哭遺民說閔妃。自注：『爲江陰夏閏枝編修題高麗閔妃小像。』

哀感頑艷，蕩氣迴腸。迫近定盦。

偶成

丁傳靖 字闇公，江蘇丹徒人。禮學館纂修。有秋華堂詩。

徐福當年早見幾，載書東渡去如飛。那知異代焚坑禍，轉在童男泛海歸！

石遺室詩話：「此詩於留學生之蔑棄舊學者，可謂謔而虐矣。」

南歸雜詠 錄三

十二月既望出都汽車所經隨地寄興感觸無端拉雜滿紙錄而存之以誌鴻雪

前人

良鄉塔影望中遥，往日郵程第一宵。三百年來題壁驛，唐家渭水宋陳橋。

廣武山前咽暮笳，步兵醉語太槎枒。羨他絕代王摩詰，不詠興亡詠落花。

客路三千未覺賒，悤悤漢上已停車。平生看慣金焦水，一見江流似到家。

紀遊詩隨地寄興，帶論往事古蹟，覺無限低回。第三首結句，與張亨甫「但飲江流即故鄉」句，同一意趣。

至兒子書齋見架上置史記開卷乃趙奢傳戲作

沈汝瑾字公周，號石友，又號鈍士居，江蘇常熟人。諸生。有鳴堅白齋詩集。

龍門史筆高千古，嬾惰曾無展卷時。莫向人前嗤趙括，父書能讀是佳兒。

能讀父書，便是佳兒，達人大觀，物無不可。

熱甚蟬鳴聒耳戲作

前人

只在梧桐楊柳枝，聲聲叫徹夕陽時。置身高處稱知了，畢竟何曾一事知？

一事不知，自稱知了，物類如此，唯人亦然。

寄內

林葵 字怡庵，福建侯官人。邑諸生。任兩江總督尤葆楨記室，參吳長慶軍幕，有鴛鴦藤館詩鈔。

吳淞一水苦相思，萬里鄉園夢到遲。算汝星宮張角甚，嫁夫貧賤又分離。

從對方苦憶着想，而自已苦憶，即在其中。嫁夫貧賤又分離，視糟糠之妻，爲何如耶？△按：福建文苑傳：「怡庵遠客異國，吟情益復悽楚。」讀此可見一斑。

春閨雜詩 錄三

高鍾泉 字逋孫，福建侯官人。布衣，早卒。

桃花門徑日初斜，好是春晴說在家。情分一般如姊妹，纖纖玉腕自烹茶。

等閒梳洗罷春朝，萬紫千紅少助嬌。揀得好花偏並蒂，剪刀未下已魂銷。

釀得餘寒憶昨宵，水晶簾下掠雙髫。無端私語偷鸚鵡，玉鏡春生兩頰潮。

細意熨貼，香草之遺。▲按：福建文苑傳：「逋孫體故清羸，益以窮困劬學，卒年僅二十三。遺詩百餘首，蘊藉清新，似徐東癡宗定九之作。有句云：「貧家紅紫都如洗，惟有青苔上井闌。」同邑何振岱極賞之，以為不滅明末陳鴻之「一山在水次，終日有泉聲。」二語云。」

南遊雜詩 錄二

江　庸 字逸雲，福建長汀人。官司法部總長。

雨過蘇堤愛晚霞，湖樓一夕當還家。江南二月春光好，紅是桃花白杏花。

消受春波槳一枝，好風吹柳碧參差。夕陽忽下孤山路，一角湖亭露酒旗。

無限湖光春色好，描成一幅畫圖看。此詩中摩詰也。

慰臂詞 錄一

近譯一書日作字五千忽覺臂酸詩以慰之錄一

陳　止 字孝起，江蘇儀徵人。有戊丁詩存，戊戌詩存。

笑汝年來亦太嬌，忘思投筆有班超。要知九折非吾惜，成就平生未折腰。

折臂勝於折腰，作者風骨，可以想見。

重遊西湖雜詩錄一

王樹榮 字仁山。號戟髯，口口口口人。官湖北高等檢察廳長。

隔林澗響壑雷鳴，峯勢飛來削不成。人自趨炎泉自冷，出山肯改在山清。

誰道「出山泉水濁」，人激之濁耳。年來湖濱，畫棟連雲，淩霄重屋，令人有西子西裝之感。

自前清末年京師南妓最盛皇室貴冑無不惑溺遂以苞苴女謁亡國而梁溪亦成北來南去之李師師云 錄二

陳方恪 字彥通。江西義甯人。

休言滅國重鬟眉，女禍强於十萬師。早把東南金粉氣，移來北地奪胭脂。

鐙痕紅似小紅樓，似水簾櫳似水秋。豈但柔情柔似水，吳音還似水般柔。

曼聲秀韻，絕肖吳娃。

江孝留出素箋索書近作因賦二絕歸之 錄一

奚　侗 字元識，號度青，安徽當塗人。官江蘇江浦縣知事。

九州新語漸紛綸，嗜好酸鹹子最親。祇恐陸沈到文字，高歌寫與過江人。

梁衆異有句云：「百年共有伊川懼，語體文章白話詩」。作者殆有同嘅乎？

中秋無月

張錫鑾　字今頗，浙江錢塘人。官奉天都督。有張都護詩存。

牢落天涯望止戈，和戎消息近如何？嫦娥未忍開明鏡，千里沙場戰骨多。

此詩視古樂府孀娥怨，更透一層，不知一宵皎潔，四海澄清，當待何時？

龍華寺看花

潘　博　字若海，廣東南海人。諸生。

楊柳絲絲拂曉烟，落花黯黯撲吟鞭。平湖十里江南路，細馬馱春記少年。

塔鈴不語晝陰陰，大有遊人布地金。細雨濛濛春夢濕，寺門一尺落花深。

風華秀發，雅與題稱。▲余遊龍華句云：『薄遊領畧緋桃色，有女如雲貌似花。』亦就眼前景言之也。

春盡日石遺師約說詩社諸子飲匹園錄一

林葆忻 字謙宜，號息園，福建閩縣人。官廣東湖南審判廳長。

尙留婪尾壓闌紅，九十春光過眼空。春盡匹園春不盡，我來常覺坐春風。

題曰春盡，以坐春風襯託春未盡；用意迴不猶人。

移居秀州傾脂河

吳文照 字香竺，浙江石門人，工詩。

橋迴夾岸有人家，一半簾櫳綠樹遮。慣飲傾脂河畔水，生成兒女盡如花。

風華韶秀，不減香草齋詩；宜爲時人所稱誦也。

紅葉

汪兆銘 字精衛，浙江山陰人。參與革命。有汪精衛集，雙照樓詩詞藁。

無定河邊日色昏，西風刀翦更銷魂。丹楓不是尋常色，半是啼痕半血痕！

先生革命功業，煊赫中外；故發爲詞章，每具救國熱忱。集中此題凡四詠，此首形容戰後景色，悱惻動人。

本事詩 錄一

蘇元瑛 一作玄瑛，原名戩，字子穀，號曼殊，廣東中山人。嘗披薙惠州某寺，釋名博經，後還初服。有蘇曼殊集。

烏舍凌波肌似雪，親持紅葉索題詩。還卿一鉢無情淚，恨不相逢未鬀時。

曼殊鍾於情者，故其本事詩尤酸楚。杜牧之云：『多情却似總無情』—溫飛卿云：『自古多情損少年。』—梁任公云：『卻悔情多不自持。』可以概作者之身世矣。△結句用張文昌成語，易嫁爲鬀，意思迴別。

漢口洪水有感

許世英 字俊人，一字靜仁。安徽合肥人。光緒丁酉拔貢，官福建巡按使。

牀下魚兒帳上蛙，階前艇子室中車。更堪草舍沈淪盡，不見流亡不見家！

今日西南之洪水，與宋時東北之苦旱，同一慘狀！此詩可抵一幅鄭俠流民圖。

泛舟玄武湖

張昭漢字默君，立法院院長邵元冲妻，湖南湘鄉人。美國哥倫比亞大學肄業。歸國後，任上海神州女校，江蘇省立第一女子師範校長。

湖山著意作高秋，暫息塵勞此俊游。天水迷離何所有？殘荷萬柄兩孤舟。

波光嵐影碧迢迢，新月隨人過野橋。未落芙蕖如有待，詩情畫景兩魂銷。

秋光如練，盪舟湖中；紅荷未殘，幽香四溢。予曾領略一過。讀此詩，猶彷彿身親其境也。

中華民國廿五年八月初版

一册定價三角

版權所有

近代七言絶句初集

選評者　陳桂琛

校訂者　謝雲聲
　　　　黃壽源

發行者　玉屛學會

承印者　吳寶文印書館
　　　　廈門新路頭街

分售處　廈門商務印書館
　　　　廈門中華書局
　　　　廈門世界書局
　　　　廈門良友公司
　　　　及各埠各大書局

鄭先昕先生贈

近代七言絕句續集

陳丹初選評

譚澤闓署

近代七言絕句

續集

陳桂琛選評

自叙

學課餘暇，檢點叢稿，續評近人七言絶句，間及同社之作，又成百五十首。見者謬謂可補學校教材，慫恿付印，聊復從之。噫！斯戔戔者、果有裨學子之借鏡乎？竊恐妄加評語，或添蛇足爾。丁丑三月丹初陳桂琛識於廈門同文中學。

近代七言絕句續集

廈門 陳桂琛 選評

贈陳逸樵二首

楊浚 字雪滄，一字健公，福建侯官人，原籍晉江。咸豐壬子舉人，官中書，充國史方略兩館校對官，保舉道員，參左宗棠軍幕，歷主漳州浯江廈門各書院講席。有冠悔堂詩文鈔，詞鈔，駢體文，金石題跋，筆記，楹語，島居隨錄，世德錄，示兒錄，易義針度補，金奕颸言，小瀛雅，閩南唐賦，淡水廳志等。

將門之子書能讀，博物賢於張茂先。助我添修耆舊傳，蓬萊三淺話當年。

天風吹水幻千漚，蜃氣樓臺百尺樓。我亦掉頭歸去也，故鄉倘足稻粱謀。

林畏廬云：『公詩豪宕奇恣，雜以哀梗之音，於空同為近。』二詩雖一時投贈之什，而聲調高亢，才氣橫溢，可以見其胸次矣。△按：此詩有本事，方公主吾廈玉屏書院時，有議聘修廈志者，久之，事竟寢，故結韻云爾。

滬上有贈 錄一

唐景崧 字薇卿，廣西灌陽人。咸豐元年解元，同治間翰林，官至臺灣布政使，署巡撫。中日戰後，割臺灣於日，臺灣紳民推景崧為總統，宣告自立。日軍由基隆進，兵叛遁歸。

聞有扶餘在海濱，橫磨匣劍祕龍身。便宜一個張紅拂，附作虬髯傳裏人。

全首運用虬髯傳以寫己意，極見自然。時薇卿以部郎從軍越南，途經滬上，以此贈妓也。△按：近人吳巖村題紅拂詩云：「不奇紅拂奇楊素，解放先河相度誇」。另一見解。

題畫竹 錄一

李正華 字望之，福建廈門人。拔貢生。有問雲山房遺稿。

綠意應憐个字新，青苔染得石嶙峋。披圖露出干霄勢，呪筍何曾是解人？

黃山谷詩云：「一心呪筍莫成竹」。結句翻用此語，推陳出新。

題尤艮齋秋夢錄 錄一

龔顯曾 字詠樵，號薇農，福建晉江人。同治癸亥進士，官編修。著有亦園文鈔，薇花吟院詩存，溫陵詩紀，溫陵金石錄，閩南叢話，史緯，亦園脞牘，小演雅，雙華館賦鈔，娍齋詩話，薇花吟院書目等書。

征鴻搖落溼蛩吟，簾捲西風夕照沈。彈出秋聲人不識，滿窗烟雨瞰詩心。

一部艮齋秋夢錄，以『彈出秋心人不識』七字了之，可謂要言不繁。△按瑞安孫琴西評詠樵詩曰：『五古結調近選，五律造句近張賈。』予謂其七絕似漁洋，惜集中不多見也。

五人墓 錄一

前人

英靈聚語繞深叢，魂魄猶能作鬼雄。死近要離一坏土，青山相對白楊風。

第三句引要離作陪客，是善用本地風光者。然實本蔣茗生「要離碧血專諸骨，義士相望恨略同」二語。茗生更帶論專諸也。

△按：今虎邱五人墓，民居逼處，冢幾湮沒，但蘇人類能指其遺跡，予曾題一絕云：「博浪一擊快恩讎，負販權奇勝士流。寒壠漸蕪殘碣樹，千秋顱馬沈楊周。」

掃墓歸不寐隔壁有撫兒者終夜有聲

黃遵憲 見初集

樹靜風停夢不成，枕函側倚淚縱橫。荷荷引睡施施溺，竟夕聞娘喚女聲。

觸景生情，詞意悱惻，此詩之有關風化者。讀此而不興烏私之念必非人。

題宋徽宗書神霄萬壽宮碑

陳棨仁　字戟門，又字鐵香，福建晉江人。同治甲戌進士，與館選，改官刑部，歷主泉州漳州廈門各書院講席，有閩中金石略，說文叢義，閩詩紀事，洵記輯要，岑嘉州詩注。又與龔編修顯曾合纂温陵詩紀，文紀，數十卷。

玉拳鐵棒入氈廬，五國驚塵點素裾。至竟茴香無覓處，人間零落瘦金書！

自注：『徽宗微行，以玉拳鐵棒自隨。在五國城日，命市茴香，得中興赦書，喜以茴香爲回鄉之兆。見鐵圍山叢談。又自號其書曰：「瘦金體。」』

徽宗惑於豐亨豫大之說，馴致舉族北狩，懷愍同譏，誠朱后所謂：『事何可說，恨何可說』者。獨惜吉兆無憑，殘碑零落，此作者所以重有感也。△按：碑在莆田。徽宗碑版傳世者，惟此片石。

告亡

僕自庚申宿疾不愈，常在床蓐，求生壙於廈門東牌山之麓，迄今五載，貧病交逼，氣血全枯，諒去人世不久矣。然生爲窮人者，死當爲窮鬼；幽明雖異，道理不殊。爰成告亡之作，以永別我同人。倘思腹痛之語，其體祭吾志可也。

吳兆荃 字丹農，一字小梅，福建廈門人。邑庠生，官教諭，幫辦甌甯軍務。有小梅詩存。

坐破蒲團卅四年，如來應許一參禪？隻雞斗酒休相祭，多

買梅花種墓田。

詞意豁達，可與隨園索輓詩相埒。△按：陳采序小梅先生詩曰：『小梅學博，爲林晴皋太史入室弟子，古今詩文賦，並有著作，而詩一道，尤其酷嗜。弱冠應童子試，拔茅冠軍，游泮時，學使彭相國見其文，拍案叫絕，制軍蘇鼇石先生同賞之，喜贈以句云：「萬里鵬摶初振羽，九苞鳳翥定和聲。」聲名日噪。與黃小石部郎，陳秋厓司馬，爲忘年交。應鄉試，不能就有司繩尺，數荐不售，匡巳峯太守爲同考時，最深惜之。』顧年未强仕，即貧病交侵，故詩多苦語。先生尊人梅臣先生，舊有別館曰繪秋樓，予少時曾賃居其間，又與文孫考槃稔，因得讀其遺詩，其五七古，尤夭矯變化云。

自題畫蘭

李宗禕字次玉，又字佛客，福建閩縣人。官分部員外。善草隸，畫蘭，工倚聲。有雙辛夷樓詞。

湘館涼颸夜不眠，一聲風笛倏淒然！劇憐獨客秋江裏，憔悴花前又十年。

十年作客，憔悴花前，描寫羈情，特見深至。△按：次玉先生，爲拔可尊人。工倚聲，聲響柔脆，畏廬評其詞：「出入濟南海甯之間。」詩七律，散見支社詩拾中，七絕，藝林傳播殊少，此拔可檢以貽予者。

記夢

楊鍾羲字子勤，別署留垞，又號聖遺，遼甯遼陽人。有聖遺詩集。

大布衣裳稱體裁，五間平屋向陽開。弟兄姊妹團團走，喜見先人拜廟回。自注：『夢境似十餘歲時，隨宦武昌官舍情景，心神極融暢。』

情景逼真，讀之油然生孝弟之心，不禁掩卷三歎！△按：李拔可云：『先生負經世之學，以餘事作詩，非詩人也。變風變雅，王者之迹存焉爾。要之於溫柔敦厚之教，興觀羣怨之旨，三致意焉。後之讀其詩者，因以論其世，知其人可矣。』

湯泉浴後

韓國鈞 字紫石，晚號止叟，江蘇泰興人。官江蘇省長。

山中幸有溫泉浴，世上應無涼血人。洗盡俗塵三百斛，還吾清淨本來身。

紫老道德學問，功名事業，海內艷稱。而詩詞傳播藝林者尚少。此為其八十歲時作，覺朝氣蓬勃，人謂紫老固未老也。

鎮西諸葛瑾墓傾圮已久余函趙邑尊重書諭保立之 錄一

朱家驊 字粥叟，江蘇奉賢人。光緒間貢生、保舉孝廉方正。有天香簃詩存。

有弟臥龍君似虎，壚廬經濟話三分。吳宮花黯鵑啼恨，漠漠江雲接棧雲。

引臥龍作陪，藉見難兄難弟，各具經世才。今雖吳宮花黯，蜀道鵑啼，猶足使百世下景仰其佐命之偉業焉。△按：碑書吳宛陵侯諸葛瑾公墓九字。

即事次友人韻 錄一

朱家駒 字昂若，一字遯庸，晚號遯叟，江蘇奉賢人。光緒己卯舉人，主奉賢肇文文游兩書院講席，任勸學所長，江蘇省會議員，江蘇通志局分纂，奉賢修志局纂修。有遯廬雜著。

佳句動人吟不盡，小橋閒立看舟行。自注：『友人原句。』一聲款乃何處去，迎上晚潮春水生。

眼前景，歷歷如繪，所謂：『詩中有畫』者是也。

題蘇警予謝雲聲甲子雜詩合刊 錄一

前人

一聲清籟靈簫閣，疑是仙寰鸞鳳音。愁絶延平訪殘壘，海天月色夜沈沈。自注：『雲聲集中多詠延平事。』

詩饒風韻，雅近晚唐。△按：遯叟先生與予及警予雲聲二生，爲文字神交。憶辛酉歲，菽莊主人三九雅集，徵海內長句，忝與先生列甲選，是爲神交之始。嗣是郵筒唱和，靡問寒暑，其懷先生詩云：『唱酬累牘又連篇，怪底難償一面緣。記取菽莊舊詞客，神交忽忽十三年』。此詩作於癸酉，迄今丁丑又五年，相思千里，未獲一面。先生嘗爲予序鴻爪集，又有『傾心奚但波千頃，謦欬相聞七字詩』之贈。予亦有『安得移家傍仁里朱陳村裏築詩城』之答。去歲先生重賦鹿鳴，並補祝八豑初度，予與警予雲聲延林子白績圖侑觴，予製歌題其額，中段云：『圖成一老兮陋紫芝，詩詠一什兮譜朱徽，野歌鳴鹿兮苹正肥，笙簧叶奏兮集履綦。公獨掀髯兮笑嘻嘻，紫陽門第兮家訓垂，子姓承歡兮戲綵衣。蓬萊三淺兮陵谷夷，邯鄲一枕兮心神馳，四休居士兮隨所宜，三樂興歌兮聊自怡，九天咳唾兮落珠璣。潛心校書兮老不疲，引納後進兮遠不遺。杖朝人瑞兮物望歸，海內詩人兮頌禱之，我忝神交兮獲公知，呼雞補旦兮壽星輝。』文字因緣，於此足見一斑矣。

榕林題壁

王仁堪 字可莊，福建閩縣人。光緒丁丑狀元，授修撰，歷官鎮江蘇州知府。

憂樂斯民百感幷，尊前絲竹且陶情。願傾四海合歡酒，祗學文山前半生。

可莊妙年及第，倜儻不群，來廈拜客，士紳觴于榕林，即席賦詩題壁，與宗盦『東山妓即是蒼生。』同工異曲。其後出守江東，治績卓著，歿入循吏傳。生當盛世，未知視信國志節何似，然決非定盦一流所可同年語也。享年不永，或以爲詩讖；不知作者罔以信國自勗，特謙言之耳；迷信之談，不値一哂。△按：我廈鳳凰山榕林別墅，爲淸初黃日紀兵部所築，擅山石亭臺之勝。墅中詩刻，自蔡文恭新周觀察凱四十有二人，癸亥八月，歸基督教徒改建靑年會，鑿山毀石，以建洋樓，無復曩時面目矣。故予有詩云：『騷壇絶響古榕林，白雪無聞唱福音。何必山邱才隕涕？韓陵石化廣陵琴。』

滬上謁陳忠愍公祠

林鶴年 字謙章，號鷺雲，福建安溪人。光緒壬午舉人，官工部主事，補用道。有福雅堂詩鈔。

天南一柱障全吳，淚灑全吳目未枯。蘆蕩蕭蕭問殘戍，萬家重繪負骸圖。自注：『公吳淞殉節後，劉弁負忠骸，匿葬蘆蕩，歷久，面目如生。』

就遺愛生情，益見公之忠藎，爲國人爲所矜式。△按：清道光十九年，鴉片釁起，英艦擾我海疆。林文忠公檄公守吳淞，三易寒暑，未嘗解衣安寢。力戰死，年七十六。歿時，劉國標忍創負公屍，藏蘆叢中。閱十日，以告嘉定縣令，輦屍入城，殮於武帝廟，面如生。清廷嘉其忠，予謚，賜專祠，蔭世職。淞江人哭公哀，作詩成帙，顏曰：表忠崇義集，王樹滋爲作殉節始末記，崇明施子良有句云：『肘常旁掣生餘憤，掌僅孤鳴死竭忠。』語最沈痛。論者謂：清廷提督能殲外敵者，首推公。公世居廈門，其曾孫秀津與予昆季稔。

和綠天舊主蕉葉詞 錄一

呂 澂 字淵甫，又字默庵，福建廈門人。光緒癸巳舉人，歷主滄江玉屏兩書院講席，有詩文稿。

閒倚闌干媚夕陽，一園綠玉暖生香。芳心密卷無人覺，暗與東風訴短長。

情思纏綿，風華獨擅，於晚唐溫李爲近。△按：淵甫先生，與同里金波先輩齊名，其門下士皆一時之俊。性和藹，儒雅醞藉，詩文書法，皆如其人。平生致力古文，究心經世之學，詩不多作，絕句尤少，此句自其長公少淵者。

題陳穆齋太守梅花帳額 錄一

王步蟾 字桂庭，一字金波，福建廈門人。光緒己卯舉人，主廈門紫陽書院講席。有小蘭雪堂詩集。

襜帷指日赴關西，絕幕名思衛霍齊。不學孤山高臥客，半生紙帳對梅妻。

隸事自然，恰如題分。同邑呂淵甫先生序先生詩曰：「導源靖節，而兼肆力於香山玉局。」余觀集中諸作，五七古尤跌蕩。此洊更時變，多感慨身世之語，關懷世道，於表彰名節尤力。此雖題贈之作，可以見其一斑矣。△按：穆齋太守，名聯科，清季佐左文襄甘肅戎幕，保舉知府。余嘗賃其寓齋。厥嗣幼穆向從予學，予長上海泉漳中學時，曾聘其任講席，過從頗密。聞其帳額，已爲楊嘯東所得。當時題額者凡十一人。予僅記淵甫先生兩絕云：「淡墨香浮動，冰綃妙寫生。春風隨襆被，遠送玉關行。」「曉夢花圍榻，前裝雪擁旌。天山逢驛使，煩寄凱歌聲。」甲戌春，幼穆集詩侶於穀圃，出其影本屬題，胡軍弋云：「歸來帳額梅花畫，多少詩人舊墨痕。」李繡伊云：「一樣將軍閫墨夢，隴頭春色似羅浮。」自注：『吾家有彭軍門墨梅帳額。』楊宜候云：「何堪春到餘香渺，棖觸元龍入夢情。」徐季英云：「暗香紙帳三秦夢，遺澤先君一箭誇。」自注：『予先考謹堂將軍所遺弓矢，爲興化標將官中第一，予至今寶之。』盧乃沃云：「人與梅花並千載，鱣堂虎帳兩悠悠。」予云：「影本幸教歸將種，雪花苦憶玉門關。」

簡余少文

李鼎臣 字梅生，福建廈門人，邑庠生。有注音字母香奩百絕等。

君是天仙處處家，予同和尚少袈裟。蕭齋清冷同蕭寺，可否攀來酒當茶？

此先生一時投贈之作，不假雕藻，而風趣盎然，可以見其胸次矣。△按：梅生先生，事母至孝，家貧，設帳授徒以自給，簞瓢屢空，晏如也。性嗜酒，長吟詠，通音韻學，算學，兼善崑曲。鑒於我國文字艱深，在教育部未頒布以前，首創注音字母以課生徒，不可謂非先覺之士耶？時　先君子方創多吉社四處闡講善書，遇有奧義者，必請先生為之注腳，或衍為淺語，以期家喻戶曉，故予得數見先生，聆其偉論，心竊異之。晚年益窮困，潦倒以終，惜哉！

贈聽水閣部 錄一

嚴　復 字又陵，號幾道，福建侯官人。船政英文學生，留學德國，官學部候補丞參。有嚴幾道詩文鈔，譯本天演論，原富，法意，羣學肄言，斯密氏計學等。

世事從伊海變田，我曹諸笑盡前緣。相逢吉語無多慰，但說詩功勝舊年。

蔣太華云：「侯官之詩，出入唐宋，造意至新，而氣韻自然高古。故論當代詩人，恆以先生與其鄉人陳石遺鄭蘇戡齊名。」唯集中絕句僅十數首，此贈弢庵師之什，運以清思，別饒風致。▲按：蔣太華序嚴幾道詩文鈔曰：「先生所學，佔有中西之長，又益之以閎通之識，哀黃裔之不競，懼禹甸之淪胥，所譯天演論原富法意羣學肄言諸名著，借他山之力，喚醒國魂。」

」是公之學，已足以名當世，詩蓋其餘事耳。

何嗣五赴歐觀戰歸出其紀念册子索題 錄一

前人

太息春秋無義戰，群雄何苦自相殘？歐洲三百年科學，盡作毆禽食肉看。

石遺室詩話：『戰時公法，徒虛語耳。甲寅歐戰以來，利器極殺人之能事，皆所得於科學者也。孟子曰：「此率獸食人」非是謂歟？』

讀王荊公詩集六十絕句 錄三

胡漢民 字展堂，廣東番禺人，原籍江西吉安。清光緒間舉人，日本留學生，清末入同盟會，縱事革命，民元被任爲總統府秘書長，廣東都督。討袁失敗，亡命日本，旋任中華革命黨政治部長，廣東省長，第一二三四五屆中央執行委員，政治會議主席，立法院院長，中央執行委員會主席。二十五年五月十二日，歿於廣州，有不匱室詩集等。

鋤奸不慮藏身固，除疾須嚴愜意餘。公自寓言人造謗，遂成囚垢說詩書。

自注：『烘蝨詩：「已觀細點無所容，未放老奸終不墮」。疥詩：「方其愜心時，更自無可患。」竊謂：古人詩文之精潔，蓋無逾荊公者，性情不如辨姦論所云，以此二詩，遂成口實也。』

嗷嗷誰謂我心憂？一夜頻驚衆亦仇。從古偷安誤人國，不鳴終爲雁奴羞。

自注：『同邑叔賦雁奴云：「頻驚莫我捕，顧謂奴不直。」又「偷安與受紿，自古有亡國。」』

聞唱旂亭轉不怡，少年有句悔難追。平生直節元無負，祇是高才太自奇。

自注：『華藏院此君亭詩云：「人憐直節生來瘦，自許高才老更剛。」高齋詩話：公晚年與平甫坐亭上視詩碑，曰：「少時作此題榜，一傳不可追改。』

黃幼垣云：『展堂以論詩絕句代詩話，可以仰企遺山，俯視漁洋簡齋，其爲荆公索隱辨誣處，別具妙解。足以知人論世，非獨爲李壁註補闕訂誤而已。如耡奸一首，抉其得謗之由；嗷嗷一首，許其謀國之識；聞唱一首，評量其生平得失；持論多見精確，非細心人未易臻此。』

民立七哀詩 錄二

于右任 原名伯循，字騷心，陝西三原人。上海震旦學院畢業，遊學俄德法美等國。民國監察院院長。有右任詩存。

黃農虞夏眞無望，水火玄黃詎有期？地慘天愁人亦瘁，延陵墓上哭多時！宋鈍初十年薪膽餘亡命，百戰河山弔國殤。霸氣江東久零落，英雄事業自堂堂。陳英士。

撫今追昔，無限感慨。△按：公七哀詩，哀民立報社社友也。當光緒壬寅鄉試之時，清吏已偵知公爲革命黨人，下令逮捕。公以計脫險至滬，入震旦學院，更創復旦大學，歷主神州民呼民吁民立諸報。毛瑟三千，光復舊物，不愧創造民國之偉人。此余聞之復旦同學傳述云。

洛潼道中 錄一

前　人

兵火連年何所之？他鄉忍聽故鄉詞。盲翁負鼓關門外，淚濕山河說亂離。自注：『翁，秦人也，遇於稠桑。』

兵興以來，流離慘狀，無地無之。公蓋就所見者言之耳。

鈍劍以詩四絕誌余與道一海上之遇用原韻和之

葉楚傖 原名宗源，更名葉，字楚傖。今以字行，江蘇吳縣人。

花萼樓前水調哀。曲江淘盡少陵才。書生只合承平死，令譽翻從亡國來。

結韻是苦語，亦是危語。似從唐書『板蕩識誠臣』一語化來。

紅梅 錄一

陳濬芝 字紉石，福建安溪人。光緒間進士。

謝却東風點綴曾，絳雲今日曉妝凝。約他綠萼仙人到，寫個通家女弟稱。

東坡詠紅梅詩，以嚴重出之，此則以刻畫勝，而仍不失梅之標格，故佳。

訪黃香鐵先生故宅同邱工部

王恩翔 字曉滄，廣東嘉應人。官教諭。與邱工部逢甲合刊金城唱和集。

建安風骨晋風流，七子才名重選樓。今日酒徒傷往事，雁來紅館話清秋。自注：『雁來紅館今斥爲酒家。』

壓篷涼月酒生波，潄玉橋邊踏踏歌。聞道羊曇扶醉過，山邱華屋感懷多！自注：『謂公㘯鍾遇賓侍御。』感慨蒼涼，如聽山陽之笛。

舟中共攝短衣小照

陳夔龍　字庸庵，貴州貴陽人，原籍江西。光緒丙戌進士，授職兵部主事，歷官四川湖北直隸總督。有鳴原集。

手把新荷自在香，不妨居士署清涼。莊襟老帶難諧俗，圖畫分明短後裝。

晚近國人，競以短裝相尚；此老借題發揮，亦諧亦莊。

留園啜茗與詒書徘徊於冠雲峯下

前　人

曲曲紅欄路幾重，凌霄花簇冠雲峯。留園大有留人意，行脚生涯付短笻。

前二句，詩中有畫。結韻就留字生情，可謂妙想天開。△右詩係公丙子季夏吳門即事之二。予八年前重至吳門，園已籍沒入官，以名勝故，仍許遊人觀覽。故予詩云：「安排奇石與名花，勝蹟天留歲月賒。俛仰頓成今昔感，平泉草木屬官家。」

弔梅有序

延平郡王祠，舊有古梅一樹，今茲來遊，枯萎死矣！樹猶如此，人何以堪？意鐵幹冰枝，亦不忍受新朝雨露乎？悵然有感！

許南英 字蘊白，一字允白，祖居臺灣。乙未割臺內渡，歸籍福建龍溪。光緒庚寅進士，官兵部主事，廣東徐聞三山等縣知縣，民國初，被舉爲漳州民事局長，龍溪縣知縣。有窺園留草。

孤忠抗節海之濱，香火空山草木新。獨有梅花偏耐冷，枯根不受帝王仁。

此允白割臺後回鄉之作也。言梅之操，所以見己之遭，讀者可於言外得之。△歲乙卯，予入菽莊吟社，始識君，君年六十許矣。甲午中日釁起，君被舉爲統領。翌年四月，臺北失守，劉永福出海口佈防，命君守臺南。九月三日，日兵入臺南，徧索君，鄉人匿之城外田莊，嗣以竹筏私送君出安平港，乘船內渡，日人懸象求之，君乃出洋，越兩載始回國云。

七夕濠游後詩答坐客並示怡兒

張　謇 見初集

三分月得一分弱，七夕詩成七日前。不得旂亭無妙妓，主人投老客中年。

照席星河客送行，兒詩帶楚酒邊情。乘查亦是吾家事，莫使牽牛笑後生。

两詩俱有深意，不落恆蹊。次作用博望事，以勖其哲嗣孝若，無辱使命，尤見精切。

辛夷花下

李宣龔 字拔可，又字墨巢，福建閩縣人。光緒甲午舉人，官內閣中書，江蘇補用知府，曾任桃源縣知縣，調任上元縣知縣，未赴。有墨巢詩集。

陟岵微吟動屨霜，玉山倒去亦堂堂。廿年又捨江南宅，賸有辛夷似栢岡。

此覩物思親之作也。拔可尊人，向居雙辛夷樓，今人遠花發，不禁興陟岵之嗟矣！荆公詩云：『栢岡西路白雲深。』辛夷視栢岡之白雲，雖欲反顧，而終不可能也。

過武昌有感

前　人

取義由來有重輕，不因貴賤異枯榮。扁舟載得籧篨去，地底何從報醉兵。

結韻用庾冰故事，似刺瑞澂易裝縋城而逃，隸事冷雋。

夜泊三牐

前人

歸舟纔信一身輕，夜永霜高夢不成。底事多情閒鼓角？遠過三牐送行人。

鼓角悲壯，足動羈愁，作者偏以多情遠送爲言，是善于推陳出新者。▲曩聞石遺先生言：「拔可詩，工於嗟歎，所謂：「悽惋得江山助」也。」比來海上，獲與訂交，歸里以還，時通音問，茲得其近作有本事者如右，世之知音，當爲之擊節也。君於商務印書館，諸多擘畫，一二八之役，閘北總廠，竟罹兵刦，東方圖書館亦與焉。予慰以詩云：「魯壁偏招秦火來，琳瑯萬卷頓成灰。

丁家韻事君能繼，重拓文瀾仗雅才。』

補破書 錄一

宋應祥 字雲五，福建晉江人。光緒壬寅舉人，

補亡束晳總支離，無字句間且闕疑。腹笥便便誰取得，讀書人瘦蠹魚肥。

結句爲晚近讀書人歎氣，蓋借以自況也。▲按：此爲溫陵弢社詩題，洪禹川賞之曰：『絃外音多，令人意遠，不特其詞之工也。』

詠史

周殿薰 字墨史，一字硯耕，福建廈門人。光緒丁酉舉人，官吏部主事，歷充廈門官立中學堂教習，同文中學校長，圖書館館長。有詩文遺稿。

葅醢韓彭繫鄭侯，毒於烏喙敢夷猶。五湖盡入炎劉地，不託游仙何處游。

此先　師吟香小槩擊鉢吟也。石遺室詩話：「鬮題門勝之作，本不足傳，此獨能見其大。」

丹初賢友撰其尊人右銘先生渡海尋骸事略屬題

前人

邪說橫流甚汩陳，表章潛德首天倫。潁川喬梓堪風世，一是尋親一顯親。

吾師以闡揚　先人，并及小子；屋烏之愛堪懷，而堂構之承弗克。題詞三復，慚感交并矣！△按：淸光緒癸未，　先君子渡

臺尋我　王考骸骨，備歷艱苦，詳予所紀　先君渡海尋骸事畧。屢荷　陳弢庵師諸前輩暨海內知交題詞，夏劍丞諸先生補圖，程子大先生篆額，譚瓶齋先生書耑。雖才非元季，有慚述德；而褒榮哀冕，足發幽光。爰裝卷軸，謀付影印；庶子孫寶之，藉以永孝思於無窮云。

詠石有序三首

予以舊居湫隘，就舍旁隙地構一樓，環樓多山，山多戴石，石多有名。因其名各紀以絶，就正於詩社諸友，並索和章。

前　人

愛蓮家世敢忘之？庭小難容更鑿池。石作芙蓉生木末，遠觀長愛半開時。芙蓉石。

紗帽當年博一官，誰知毀冕警高寒？歸來仍傍青山隱，山石依稀似挂冠。紗帽石。

「三更燈火五更雞，」有石多年伴照藜。今日翻成雌伏勢，滿山風雨正凄凄！雞母石，亦名通天蠟燭。

一石一詩，一詩一意；是詠物之什，是抒懷之作。△按：吾師同伯兄　梅史先生領鄉薦，兩罷春闈，科舉旋廢。庚戌會考，以主事簽分吏部驗封司。辛亥革命，歸隱里閭，益肆力於教育，前後歷四十年，自謂：「誘掖後進最樂。」庚午閏六月，師歿。予哭以詩，其一云：「廿五年前造士場，諸生執梃許升堂。乍看小極些時厄，空盼新秋一味凉。八百孤寒誰翼煦？三千弟子共心喪！獨憐月霽風光夜，想像儀容一瓣香。」第四句

注：「師病中吟，有『私心竊盼新秋到，一味涼勝藥十單』句。」其二云：「何處程門雨雪雱？權持玉尺較同文。園栽桃李猶春豔，殿圮靈光已夕曛。歷刼黃楊嗟歲閏，經年朽木負霜斤。門人未敢輕私謚，只表生平勒墓墳。」第二句注：「師既歿，同文中學校長乏人繼任。由董事部舉五人爲校務委員，余亦與焉。」結句注：「爲　師撰墓表勒石。」

書春帖

陳桂森 字樨岑，福建廈門人。福建師範學堂畢業，廈門鴻簏小學校長。有修竹山房遺稿。

題就花箋歲序新，東方吹入豔陽辰。願爲一管如椽筆，寫遍人間萬戶春。

結韻是何等期許。△按：吾　師於詩不多作，作輒散去，所存遺稿，塵五十餘首，歿前一夜，忽索紙書一絕，故余哭以詩，有『傳薪窮指留餘燼，絕筆吟魂接太清』之句。

送鄭毓臣上舍晉京三首

黃鴻藻　字采侯，號芹村，祖居臺灣。乙未割臺內渡，歸籍福建龍溪。光緒丁酉舉人。有芹村詩文稿。

一生鴻爪渾無著，四國鷹瞵別有愁；燕市悲歌尋俠客，相逢慷慨話神州。

囊中掇拾成珠玉，世上功名俱等閒；此去騎驢看積雪，定將詩句壓西山。

十年陳迹吾能記，疲馬驅車出國門；西望黃金臨易水，霸才流落不堪論！

感懷身世，別具深情，自無尋常惜別套語，繞其筆端。

和韞山原韻並呈丹初 二首

龔顯禧 字紹庭，福建晉江人。光緒丁酉舉人，廣東候補知縣，歷任岻里臘中西學校校長，泉州廈門官立中學教員。有詩文稿。

轤轆駈人祇爲飢，儒冠恨我不逢時。年來生意婆娑盡，寒瘦渾如賈孟詩。

懷才何事怨臣飢，壯歲聲華入洛時。自注：『韞山擬應某軍長之招，參贊戎幕。』舊雨相逢兼惜別，自注：『丹初方自滬歸，韞山又有遠行。』不堪重唱渭城詩。

難遣離合之懷，重以身世之感，公度詩所謂：『茫茫相對兩情癡』者。▲歲壬申冬，韞山挐舟過廈，賦詩留別，予和之。序畧云：『韞山明經，將北上佐戎徐州，予觴之北谿別墅。時則風雨驟來，賓朋戾止，如續耆英之會，與者十二人；如集聚星之堂，時唯十一月。座中有客，塵談夜分；參軍磨盾，酒后詩成。」詩結韻云：『難得故人風雨至，搖書讀畫又論詩。』座客王君選閑等十二人，並依韻和答。予復延黃羲繢圖，裝潢成册，顏曰：『北谿別墅雅集圖詠。』今韞山墓草已宿，撫圖慨然！

爲丹初題臥薪嘗膽圖 二首

蔡穀仁 字乃賡，一字澍邨，光緒間歲貢。歷任泉州官立中學監督，廈門精一國學講習所所長。有詩文稿。

沼吳誓志不辭難，乾惕何曾寢食安？家國同深憂患日，一般苦況繪圖看。

世無種蠡濟時艱，薪膽圖形笑等閒。欲報國讎應教訓，廿年辜負此江山。

國恥重重，迄未湔雪。世無種蠡，薪膽亦屬徒然，此作者所以撫圖興歎也！▲予奉諱讀禮之年，適值國難方殷之日，悲憤無似，乃乞山陰馬軼羣繪臥薪嘗膽圖以自警，詩友為題詠者十二人，君其一也。又紹庭云：「甘苦殊時吳竟沼，興邦多難古今同。」幼垣云：「梟虜未忘銜恤日，絕裾非復過庭人。」乃沃云：「見說臥薪能救國，後王救火抱薪勞。」予亦媵以句云：「乞得畫圖資惕厲，寢苦人似臥薪人。」

赤豹生彌月效柴桑故事命之以詩 錄一

鄭翹松 字蒼亭，福建永春人。光緒壬寅舉人，省立第十二中學校長，永春圖書館館長。有臥雲山房詩草。

韋編纔續鬢成絲，欲付槧書已覺遲。錫汝嘉名希鄴守，休驚虎僕效爺癡。

淵明命子詩云：『願爾斯才。』此本其意，更望能跨竈也。

題酹江月後一絕

王蘊章 字蓴農，號西神，別署西神殘客，江蘇無錫人。光緒壬寅副貢，上海正方學院院長。有集。

桃花扇底大王風，白雪紅牙唱未工。一曲琵琶翻別調，亦兒女處亦英雄。

起結不俗，別具丰神。△予與君訂交，始於己巳歲，時以篇什相贈答。越兩載，予來長滬校，過從尤密。君工詞翰，並擅各體書，曾爲　先君子篆墓蓋。故予懷君詩云：「當年紙裓許分爭，殘客書名海內傾。難得嶧山家法在，長留玉筯燿先塋。」

楊妃

邱煒萲字菽園，福建海澄人。光緒□□舉人。有嘯虹生詩鈔。

粉黛三千寵一身，玉環麗質自無倫。金錢往事分明諱，史筆憐才到美人。

詠楊妃者，大都叙其際遇，隨園云：『唐書新舊分明在，那有金錢洗祿兒。』此蓋祖述其意。△按：愛日齋叢鈔及王建詩，均載金錢洗祿兒事，唐書闕而不載，爲尊者諱，抑憐才耶？

二月十六日星洲夜宴示同席諸君錄一

前人

英雄老去未能閒，鐵笛春風度玉關。殘月酒醒何處是？一聲聲破念家山。自注：『家仙根進士，自乙未臺灣義軍失敗後，避地居粵，至今年始來遊南洋。』

聲調高亢，興懷鄉國，慨念猶深。△按：菽園爲康南海之門人，南海敘其詩曰：『吾遊星坡主菽園之家，唐才常舉義師實賴焉。黨人多託命于菽園，雖不幸敗，而忠義之氣，雄傑之姿，與張良之破產救秦奚異焉？』可以覘其志概矣。

池萍

林蒼　字粥臣，一字耕煤，號天遺，福建閩縣人。光緒癸卯進士，官江西石城縣知縣。有天遺詩集。

斷梗浮根託化工、隨波蕩漾任西東。前身本是高飛絮，一入池塘路已窮。

前人詠萍者，類多寫其飄蕩，此獨憐其窮途，不啻自道其身世矣。△按：石遺老人評大遺詩，謂：『歎老嗟貧言愁說病者十之九，殆今之孟東野陳后山也。』余題大遺詩後，其一云：『窮愁本是詩人例，閲盡滄桑更可哀！莫把一編秋夜讀，此中恐有刦餘灰。』蓋亦紀實也。

英王愛德華八世遜位與辛柏生夫人結婚前見報中論及此事改袁簡齋詩有『江山情比美人輕』語因用此句成轆轤體三章

金　梁　字息侯，一字子才，又字希侯，滿州人。光緒甲辰進士，官至少保。有禮運大同論。

江山情比美人輕，有志眞堪事竟成。一紙詔書傳遜位，溫莎從此署先生。

我我卿卿踐舊盟，江山情比美人輕。開編持較唐宗事，說與楊妃定不平。

一時情報徧寰瀛，撤手飛行事遠征。自注：『英王遜位後，即乘機赴法訪辛柏生。』似此英雄誰與埒，江山情比美人輕。

題既新穎，詞亦勻稱。△按：愛德華八世，以辛夫人故而遜王位，論者謂：爲皇家桃色事件，有『不愛江山愛美人』之誚。或謂：愛氏身居君位，然輒受教會與內閣之束縛，即婚姻亦不許自由，何如棄軒冕而老溫柔之爲得也。或謂：愛氏雖屬天潢貴冑，早慕平民化，故不恤排衆議而出此，理或然歟？近人天倪氏詩云：『直拋丹扆傍紅裙。』又云：『溫波泛愛自悠悠。』蓋爲愛氏而詠也。

英皇遜位成婚本事詩 有序八首

英皇愛德華八世自膺儲選，物望早歸；御極朞年，益增愛戴。再醮婦美籍辛博森夫人爲皇膩友，久蒙眷戀。近與其夫離婚，法庭立準其請，有情人將成眷屬矣。教會以其出身卑賤，雖主中宮，挾國會內閣，堅持反對。首相鮑爾溫向皇抗議，謂：「如欲結婚，只許辛夫人用康爾公爵（英皇前受封號）

夫人名義。」皇不同意，英民袒皇而不直鮑氏，卒無如何。皇乃下詔讓位介弟約克公爵；并宣布本身及其嗣續放棄大位。旋出國赴奧。爲法律時效關係，未能遽與寓巴黎之意中人晤面，故婚期延至一九三七年五月間。將于捷克司拉夫贅菟裘以偕老。我國吟壇，多詠其事。然得失非一端也，爰述私見，率成八章。

黃鴻翔 見初集

承恩幾暇慰勞辛，膩友情深敵體均。自注：「皇自稱政務多勞，頗得辛夫人之幇助及安慰。」

解語花能生百媚，椒房虛左待斯人。

多美婦人何必是？忍教棄故覓新歡！情魔漫毀鴛鴦牒，執法空勞獬豸冠。

閣議神權梏自由，闕關未許詠河洲。皇輿敝屣尋常事，竊比盧家有莫愁。

欲主蘋蘩所出微，册封位卻陋昭儀。寒塘自有雙棲地，煖戲何須太液池。

願將神器傳餘祭，愁見魚腸進設諸；宣誓預防爭統禍，溫沙自注：『讓皇自稱溫沙先生。』讓德邁句吳。

公義私情計兩全，敢違邦憲逞君權；臣今行制君行意，自注：『反用越語。』一舸翻同范蠡船。

青宮養望協輿情，繼體新猷四國傾；自注：『英殖民地于讓皇尤爲傾心。』從此東山謝霖雨，喁喁何以慰蒼生！

溫柔鄉勝帝王鄉，金屋藏嬌向異方。待渡鵲橋還有日，女牛脈脈兩相望。

羅縷英皇本事，咨嗟唱歎，不明言得失，而得失自在言外。▲按：古今中外之篤於愛情者，當首屈愛德華，若明皇之於貴妃，則隨園所謂：『江山情重美人輕』也。狄平子詩云：『憤鞭情器爭千切。』甚矣，神器之尊榮，終不敵愛情之固結也。

寄塵社兄寄示海天詩話一卷重譯歐西取材東土詩說之瓶格前人所未覩也率題二十八字志佩

潘飛聲 字劍士，號蘭史，別號老蘭，廣東番禺人，有西海紀行，在山泉詩話等。

君爲廣大教化主，重譯佉盧作正聲。看掣鯨鯢東海上，五洲大地拓詩城。

趙甌北詩云：『中華文字艱通處，還有人問大九州。』與此詩末句，均足爲一孔之儒作棒喝也。

胡玉叔以觀素卿作字詩見示輒寫此奉答予新悼亡頗有厭亂傷時之感故末及之

吳　虞 字又陵，號愛智，四川成都人。北平燕京大學教授。有吳虞文鈔。

烏絲親試撥鐙初，纖手揮毫玉不如。想見風流高兩晉，陸機文采右軍書。自注：『唐御撰晉書，惟陸機王羲之兩傳論稱「制曰，」蓋出文皇之手，足知文士書家，其立名較王導謝安立功一時者爲優遠，雖專制帝王之力，不能踰也。紀曉嵐乃以此譏文皇，詎非一孔之見哉？』

後庭狎客擅風華，南國淒涼玉樹花。莫過青溪江令宅，詩人蓑楚半無家。

前詩以名士擬佳人，大足爲巾幗吐氣。後詩自傷身世，所謂：『借他人酒杯，澆自家壘塊』也。

詠史

柳棄疾　原名慰高，字安如，更名人權，號亞盧，別號亞子，今以號行，江蘇吳江人。有集。

附冀馬融曾失足，美新揚子又登場；經生家法原如此，一炬何人學始皇！

此詩爲文人無行，藉學術以干祿者寫照，非果以焚書爲快意也。

題洪北江更生齋詩集

前　人

投荒萬里歸來日，猶自題詩頌聖仁。「臣罪當誅」緣底事，昌黎誤盡讀書人。

雨露雷霆迥不同，狐埋狐搰本來工。小兒只有楊修好，丞相何曾是夢中。

「臣罪當誅」一語，評韓詩者，靡不推爲至理名言，實則欲迎合專制君主之意旨耳，非由衷之論也。稚存以直言遣戍，又鑑于清代文字獄，自不能不效應聲蟲。然讀死書者，或視同天經地義，則誤人匪淺，故作者特為揭出。第二章從主術立論，用意尤工。

王述庵論詩絕句詆諆放翁感而賦此

前人

放翁愛國豈尋常？一記南園目論狂。儻使平原能滅虜，禪文九錫又何妨！自注：『王船山先生有云：「使桓溫功成而篡，勝於戴醜夷以為中國王。」末二句，蓋竊取斯義。』

慶元黨禁誠私意，恢復中原義至公。試問何如許平仲？高譚理學昧華戎。自注：『此首兼為平原訟冤也。習齋，隨園，都持此論。』

放翁生當「蠻夷猾夏」之世，未獲執戈衞國，不平之氣，發于詩篇。慷慨激昂，富有民族性；故梁任公有「亘古男兒一放翁」之譽。自不能以南園一記而詆娸之。南宋士夫，多斥和議，平原以北伐僨事，幾與會之同譏，而放翁亦遭波及，未免自相矛盾。作者援宣武以例平原，則議放翁者，自無從置喙。此如老吏斷獄，善援判例者也。次章爲平原訟冤，雖本前賢議論，然亦有激而發也。嗚呼！夷夏之防，於今爲烈，尤覺平原未可厚非，而放翁勿論己。

過秋墓作 錄一

前　人

南徐北庾漫評量，盲祖居然著作場。一例文人牢落恨，淮西碑豎毀文昌。　自注：『璿卿歸葬西泠，懺慧，巢南，屬余撰墓碑，將乞克强書之，未果而贛寧難作。今墓前乃樹僞興武將軍朱瑞所刊石碣，秋俠有靈，弗來享矣。』

詠秋墓者，類多憑弔英雌。此兼論題碣者之非類，別具見地。

△按：吳芝瑛女士，與石門徐自華女史，收秋瑾遺骨，葬西湖，義聲動天下。徐撰墓表，吳書之，又題：『嗚呼！鑑湖女俠秋瑾之墓。』既勒碑樹之矣，御史常徽，奏聞於朝，墓平碑毀，徐與吳幾不免，嗣賄江督端方斡旋，獄始得解，秋瑾體骨，遂歸葬湘麓。光復後，則復奪之於秋氏夫族，舁葬西泠，重立新碑。龐檗子詩云：『猶憶秋魂哭風雨，故教俠骨重湖山。』又云：『十字舊題碑已換，我來釃酒淚頻潸。』又云：『風雨秋家亭子下，落花哭罷哭江山。』其所以憑弔秋俠者，至爲感愴。

論詩絕句二十首 並序 錄十

忽忽浮生，感於哀樂，典籍陶寫，時遇同心。爰仿遺山之例，成如干篇，斷自近代。其前人所已及，與乎臭味差池者，咸不復道也。

姚錫鈞 字雄伯，號鵷雛，別號宛若，今以鵷雛行，江蘇松江人。

鳳靡鸞吪事豈眞？京華顑頷獨斯人。驚心聽到洪佚語，貧過中年病却春。武進黃仲則景仁。

髗骨奇情獨此才，時聞謦欬動風雷。論心肯下西江拜，却共楊劉入座來。仁和龔瑟人定庵。

篆刻蟲雕笑壯夫，鑿山鑄鐵歎陽湖。自注：『君詩，甌北有鑿山鑄鐵之評。』伯仁豈敢輕江左，絕歎嫖姚有霸圖。大興舒鐵雲位。

一時王駱定誰先，沈摯無如鴻雁篇。自注：『湖湘大水，白香亭有鴻雁篇。』解識太羹玄酒味，陶琴自古已無絃。湘潭鄧輔綸彌之，王壬秋闓運。

老吏持衡想見之，自注：『公自比漢朝老吏。』白華一集信多奇。茂陵風雨遺書盡，却遺文君作餅師。會稽李蓴客慈銘。▲自注：『公卒後，其如夫人貧至售餅自給。』

日下才名鬢未霜，闌姍人海閱滄桑。劇憐一副琵琶淚，却爲邯戰大道娼。南郡樊樊山增祥，有彩雲曲。

海內宮商有正聲，瓣香誰為拜詩盟？庾郎生被清流誤，竟使微雲點太清。侯官鄭海藏孝胥。

螺洲高隱文章伯，八俊風流碩果存。欲識致光魏闕意，金鑾一記最消魂。閩縣陳伯潛寶琛。

早年風概越公兒，晚歲津梁老導師。地下撫軍應張目，剩將大句作雄奇。義甯陳伯嚴三立。

放言高論陳同甫，樸學奇才紀曉嵐。稍喜薪傳黃叔度。五言秀句絕江南。餘杭章太炎，黃季剛。

遺山論詩，古多今少，此則斷自近代，兼懷人也。體例與隨園相似，詞筆亦同。

江山船 有序 錄二

錢塘江干，有妓艇焉，俗呼江山船，又稱其妓曰桐廬妹。舊有吳陳葉程鄭錢許金黃九姓，爲陳友亮部下。明太祖定金華，貶之不許居陸，故九姓世以船爲家。民國初，杭州軍政分府汪欽示予平等。嗟乎！故國江山，已醒客夢，寃家兒女，還受人憐！過江干感而有作。

王葆禎 字潄巖，浙江黃巖人。

一舸江山恨未銷，烟花南部問前朝。而今九姓都更變，送盡興亡早晚潮。

鴛鴦西去夢天涯，雲雨荒唐過別家。草草八旂名士散。臙脂狼藉美人麻。自注：『淸宗室寶廷，渾號草包名士。典試閩省，中途狎江山船妓名珠兒者，違例納妻，自請革職。珠兒面麻善媚，當時有「宗室八旂名士草，江山九姓美人麻」之句，傳爲佳話。』

撫今追昔，爲名士吐氣耶？爲美人呼寃耶？請讀者下一斷語。

△按：淸季宗室中最明達者，無若寶竹坡，以娶江山船妓女，上疏自劾，部議落職。竹坡往來西山，以詩酒自娛，灑然有遺世之念。嘗有句云：『微臣好色誠天性，祇愛風流不愛官。』其侘傺可想。

東京竹枝詞　錄六

郁慶雲　更名華，字曼陀，浙江富陽人。留學日本，官上海高等分院庭長。有集。

平明閶闔九重開，紅粉千行夜獵囘。百萬市民齊脫帽，春風輦路女王來。自注：『俗名親王女曰女王。』

牛酒淫祠祝福多，眞娘私願問如何？家家兒女工狐媚，爭擲金錢拜稻荷。自注：『稻荷狐神名。』

半開宰相老風流，修得功名到白頭。仙子樓臺人富貴，教坊爭識牡丹侯。自注：『伊藤相國，人號爲牡丹侯。』

知郎蠻語解娵隅，欲寄相思字態殊。故作讕言欺阿母，豔書屈曲寫佉盧。自注：『男女私簡，俗名艷書，有用西洋文者。』

飲到屠蘇一歲除，春華荳蔻十三餘。新年依例稱遙賀，手署同心繪葉書。自注：『郵片之繪畫者，曰：「繪葉書」。』

幻妙靈臺帝座通，萬千恩怨互胸中。强言學得耶穌愛，手指肩章十字紅。自注：『赤十字社員，皆用十字章。』

運俗入雅，頗具匠心。▲按：竹枝，樂府之名，本出巴渝，劉禹錫更爲新詞，盛行一時。後人以七絕詠土俗瑣事，多謂之竹枝詞。

讀陳涉世家

龐樹柏 字芑庵，號檗子，別號龍禪，江蘇常熟人。

博士宮中稱壽日，傭夫壟上輟耕時。無端一段風雲氣，燕雀紛紛那得知。

篝火狐鳴大澤中，沈沈夥涉志非雄。世家莫詫龍門筆，要是亡秦第一功。

第一首寫傭耕隴上之壯志，第二首論亡秦首事之大功，得龍門特立世家之旨。△按：此題予少時曾作七古一篇，末段云：「將相王侯皆所置，魚腹狐鳴豈兒戲。惜哉器小真易盈，一朝破滅無餘地。至今血食功可嘉，史公特筆存世家。雌雄劉項盡後起，沈沈夥涉爲王誇。」畧與此同意。

二月廿七日宿平湖報本寺夜不成寐起而書此 錄二

高 燮 字時若，亦作慈石，一字黃天，又字志攘，號吹萬，別號寒隱，江蘇金山人。有集。

陟屺空餘念母哀，沈雄心事已全灰。欲憑危塔升高望，但覺茫茫百感來。

難將佛力答親慈，可有親來入夢時。偏是欲眠偏易醒，劬勞恩重不堪思。

昔人謂愁苦之詞易工，二詩情詞真切，不堪令無母之人讀也。

△曩予有表哀詩云：「天上佩環空想像，人間襁褓更纏緜。」又云：「縱無蘆絮傷今日，曾爲羹湯感昔年！」又登報恩寺塔句云：「我有慈恩猶未報，不堪回首白雲低。」又先妣諱日云：「棄養年過二十九，死祭何如生杯酒。兩間中有無母人，壯未成名曰某某。」又壬申寒食拜墓云：「顧視諸昆忽嘅呻！炷香隨父幾經春。今年寒食來丘壟，拜墓翻爲第一人。」又叔弟雪蕉旅非時

，有慈母節詩，其一云：『如何遺我人間世，午夜相思夢裏逢。可許陰陽通一徑，來看慈母舊時容。』蓋與此詩有同慨也。

夢中作一截句

沈厚和 原名徵，字季蕏，一字季海，號天素，別號向生。廣東番禺人。

羅於人網無論矣，空幻欺吾亦未眞。能解脫兼能罣碍，深情終竟屬斯人。

浮生若大夢，世事在夢中。夢覺出世人。夢夢入世想。夢夢有人在，夢覺繄何人？

蠶

潘世謨 字民殊，一字民討，湖南醴陵人。

無奈春寒日日長，萬端憂思集中腸。臣身蟄處臣心瘁，留得經綸補八荒。

小中見大，無中生有；是物是人，非一非二。

孝陵

孫舉璜 字姬瑞，號嵫天，湖南長沙人。

橋山弓劍土花凝，石馬無靈閟廢興。燕子不來王氣盡，月明魂斷十三陵！

結韻謂靖難之變，燕王遷都北京，一瞥滄桑，使明代諸帝有知，望十三陵而魂斷矣！△按：民國革命政府成立，奠都南京，崇祀孝陵，其東即中山陵。予三度來京，謁孝陵，有『手鋤非種光華胄，合與中山峙一陵」之句。

莫愁湖

丘復（字荷公，福建上杭人。）

莫愁未必便無愁，一種秋心那得休。今日鬱金堂畔柳，愁眉猶帶幾分羞。

南朝帝子今何在，一代繁華付逝波。剩有西湖比西子，留名獨讓美人多。

第一首謂：莫愁未必無愁，第二首謂：湖山獨讓美人，詞意雋永，耐人尋味。△按：莫愁湖在今江寧縣西，相傳爲南齊時盧女莫愁舊居。外此尚有二：一洛陽人，見梁武帝歌，一石城人，見舊書書音樂志。宋周邦彥詞西河一闋，專詠金陵，有「莫愁艇子曾繫」之語，是誤以石頭城爲石城。今詠莫愁湖者，或用盧家少婦語，則又誤以洛陽之莫愁，爲石城之莫愁矣。予嘗題一絕云：「湖雨湖煙認故鄉，莫愁兩字姓名香。憐渠詞客爭題詠，半誤襄陽半洛陽。」

登吳山口占

王　廉 字清夫，浙江定海人。

吳山高處一遲留，指掌東南十四州。如此江山如此客，縱無題詠亦千秋。自注：「胥山有如此江山亭舊址。」

兀傲不羣，讀之令人神王。△按：宋史載『金主亮抱南侵之志，嘗命畫工寫臨安山水城市。』題詩云：『萬里車書盡混同，江南豈有別疆封。提兵百萬西湖上，立馬吳山第一峯。』就詩而論，踔厲風發，足覘當日豪情；然太露光芒，難免殺身之禍。甚矣！詩之足以觀性情也。

題香塚 並序 錄一

陶然亭左有香塚焉，一抔黃土，石誌無名，相傳是勒方琦葬某妓遺物處。惟石古字勁，短銘悲壯，絕不類瘞玉之辭。疑中係殉明難者，恐觸當時忌諱，借香塚以寓言耳。爰錄其銘，并題二絕，以質同好。銘曰：『浩浩愁，茫茫刼。短歌終，明月缺。鬱鬱佳城，中有碧血。碧亦有時盡，血亦有時滅，一縷煙痕無斷絕。是耶非耶？化爲胡蝶！

周斌 字志頤，一字芷畦，號漁陝，浙江嘉善人。

杜鵑含淚亦嫣然，豔跡銷沈三百年。今日泉臺應一笑，短歌重續月重圓。

結韻足慰塚中人。香魂耶？碧血耶？事隔三百年，留玆疑塚，動詩人之憑弔而已。

梅生將南歸書此志別 錄一

柯鴻年 字貞賢，號澹園居士，福建長樂人。肄業馬江船政學校，尋派游學海外，歸充船政教習，參贊盧漢鐵路事，保舉道員。有澹園遺稿。

別離本是傷心事，垂老尤難遣此情。與子白頭身尚健，重逢應不待來生。

詩筆深入顯出，尤妙在如李龍眠白描畫本。

春日雜詩錄一

沈次約字劍霜，一字劍雙，號秋魂，江蘇吳縣人。原籍浙江嘉興。

春波春草愁無那，江樹江雲暮色昏。一樣離懷悵南北，樓頭馬上兩銷魂。

結韻意本尋常，寫來自覺動聽，都緣造語工巧。

題小瀛壺齋壁四首

蔡卓勳字竹銘，號壺公，別署瀛壺居士，廣東澄海人。邑庠生。有壺史。

不是飛仙是謫仙，仙緣未了又塵緣。且教游戲人間世，壺裏風光別有天。

得閒閒處且閒閒，野鶴孤雲任往還。正恐仙人無此樂，仍留清福在人間。

瓊樓玉宇渺難求，漫說乘槎汗漫遊。水竹二分花四壁，眼前隨處是瀛洲。

欲呼明月問前身，到底前身是甚人？一墮塵寰仙卽俗，不須重話去來因。

龐馨吾曰：『其一原是仙，其二勝似仙，其三確是仙，其四地仙到底不如天仙。自問自答，自解自歎，變化莫測，筆端真有仙氣。』△按：馨吾名友蘭，江蘇阜甯人。

同香雪藏海園看百葉紅桃花 錄一

蘇大山 字君藻，一字蓀浦，福建晉江人。宣統庚戌選士，厦門教育會會長。有紅蘭館文鈔，詩鈔，鹿礁隨筆，温陵碎事等。

義熙以後無顏色，一樹天留供避秦。得酒管他爲晉魏，酡顏借與十分春。

一起便占盡桃花身分，精警奪倫。結韻意本桃花源記，而以酡顏二字烘託之，尤見筆妙如環。

遜臣以蠹餘木假山索題作此答之 錄二

前　人

蠕蠕啓宇雄荒外，蠻長趙佗竊一州。蠢爾何人紛裂土，此間蟲達合封侯。

何處大千藏一粟，一稊泰華亦荒唐。蟲天畢竟乾坤廣，容得南柯日月長。

能於小中見大，自是作手。△按：此題同社作者頗多，余戲謂遜臣曰：『奈何張假山爲詩鵠？』因成短古一章，後段云：『一拳齧食餘，竟爲衆山嶽，似山强爲山，誰省真面目？折簡招名流，張爲矢詩鵠。吁嗟乎！爨下焦桐亭上竹。得此居然三鼎足。』

警予以所藏芸皋觀察手札索題感賦

楊遂 字穉雲，又字遲園，福建閩侯人。日本留學生，福建私立法政學校教務長，官廈門警察廳廳長，海軍部參事。有遲園詩草。

西邨東谷兩名家，併作公門桃李華。我向延青空景仰，那堪室邇悵人遐。自注：「前長廈門警政時，所居衙署，即公延青閣舊址。」

穉雲两度寓廈，與島中人士交好。詩長於七律，絕句殊少作。此首就其宦迹生情，景仰前賢，見於言外，固不必於字句間論工拙也。▲按：芸皋爲吾廈名宦，所留手蹟頗多；其札中詳論廈門志及諸叢林石刻事，舊藏呂西村先生家，予亦題一絕云：「此亦鷺門掌故書，百年珍秘愛吾廬。一鱗一爪堪珍惜，肯使瑤箋飽蠹魚。」

題石谷畫康熙南巡圖稿卷 二首

譚澤闓 字瓶齋，湖南茶陵人。

名家意匠出經營，幾輩濡毫畫得成？零落黃籤誰省識？漫將盛典說承平。自注：『圖中記名勝，黃籤尚閒存。傳此圖爲石谷造意，畫史分畫者。』

十二縹緗久佚殘，牛腰一卷重琅玕。卻緣不入君王眼，翻得人間子細看。自注：『正本十二卷，藏壽皇殿，久被刼掠。此乃粉本流落人間者。』

二詩，一紀尚方之秘寶，一敘粉本之流落，不勝今昔盛衰之感。▲曩予居海上，與善子大千昆季稔，屢過大風堂，爲文字交，獲觀此稿。僅餘四卷，白紙本，高二尺，長三丈餘。卷外籤大千標題『王石谷康熙南巡圖稿。』裝用古錦色首，脂玉插籤，籤刻隸書，與外籤同文，甚爲美觀。所繪凡人物，宮殿，樓觀，城市，村舍，橋梁，池井，堤岸，陂陀，阡陌，闤闠，龍舟，鳳輦，棧輅，車輿，騾馬，橐駝，牛羊，鷄鳧，犬豕，旗幟，黼黻，弓矢，斧鉞，之屬。人則卿相，文武，販夫，走卒。野則檜柳，松柏，梧桐，竹箭，桑麻，禾黍，走鶴，翔鳶。百戲雜陳，簫管並奏，明燈華筵，金尊玉碗。騎者，步者，歌者，舞者，跪者，立者，推者，引者，耕者，饁者，水者，陸者：負者，戴者，以千萬計。一時帝王之喧赫，盛世之熙雍，文物典章之美備，胥可想見。綜其用筆布局，各具匠心，纖悉畢見，偶有塗乙，跡象宛然。亦以未經丹粉，故骨氣洞達，筆法刻露，足以示範後人，誠藝苑之至寶也。按石谷傳：稱石谷以布衣供奉內廷，詔繪巡南圖，天下能手駢集，咸逡巡莫敢下筆，石谷至，口講指畫，咫尺千里，令畫史分繪，而已總其成，上覽之稱善。据亡友玉岑云：『正本十二卷，向藏壽皇殿，庚子之變，爲西人掠其五，餘七卷，不知流落何所。其副本在信侯邸，亦爲西人以重金購去。』又据予友秋澄云：『辛未遊故宮，曾見之。不知是真是贋。』蜀人顧巨六謂予：『此稿本得之故宮，雖非全豹，亦成碩果。今歸大風堂主。』每卷引首爲徐世昌楷書，後有袁勵準羅俊堪周養菴跋語，南北名人，題詠殆遍。舊王孫溥儒詩云：『河嶽蒙恩草木滋，蒼梧遠勝陟方時。黔黎盡變沙蟲日，欲問堯年鶴豈知！』汪榮寶詩云：『墨痕不逐夢華空，歷歷星雲在眼中。俯視乾嘉猶叔季，更休剪燭話咸同！』『風雨昆明幾劫灰，前朝陵廟總煙煤！猶餘西蜀方瞳客，曾見當年八駿來。』自註：『四川剬縣李叟珍元，生康熙十二年，今尙健在。』二詩極哀感，雲煙過眼，餘不省憶。玆所徵引，多本之玉岑南巡圖記云。

爲宗子岱題松禪盟俄密稿卷

前　人

金鑾密記久成塵，留取叢殘見苦辛。今日風煙漫遼海，遠圖祕畫更何人！

邊警肇于密約，追源禍首，言之慨然！△按：光緒丙申，清廷遣李鴻章賀俄皇加冕，俄政府以干涉還遼東事，向中國索酬，勒令李氏畫押，隨迫清政府批准。除滿洲路權及膠州灣租借權外，並將黑龍江及吉林長白等處所產五金鑛，准俄國開採，又准俄國專派馬步兵於鐵路側駐紮保護云云。是爲中俄密約。

夕照錄一

前　人

高閣依然夕照中，眼前無復舊東風。游人只訝春如海，誰與飄零惜故叢。

此詩意蓋有託，非詠夕照也。有表有裏，列具深情。▲按瓶齋為組庵先生介弟，交游極廣，旅居滬上，以書畫自娛，工詩，書名尤噪，予數過其寓廬，贈以詩云：「茶陵世冑佳公子，筆陣縱橫墨瀋酣。信有平原風格在，瓶齋翰墨匹瓶庵。」別來得其詩簡數十通，襲什藏之，明窗展玩，起予臨池之興。

雜詩錄二

陳　杜　字杜尊，別署蘿村山人，廣西北流人。日本留學生，歷任上海大夏交通各大學教授，有公羊家哲學，墨學，文心雕龍校注，待焚詩稿等。

前溪芳草綠萋萋，莫莫朝朝叫子規。莫向南樓頻苦叫，南樓客子正思歸。

結韻與張子澄『等是有家歸未得，杜鵑休向耳邊啼。』同一用意。△蠡石遺丈與予同寓滬壖，君時來訪，獲與訂交。君嗜酒耽吟，治子學至精，蓋攷據家而兼詞章者，予贈以詩云：『知是才人是學人，詞章攷據各通神。桂林山水多奇絕，閒氣偏鍾穎水陳。』

石梁錄一

呂　萬 字十千，浙江海甯人。上海停雲書畫社社長。有青無盡齋詩藁。

至今一水合雙龍，終古藍橋有路通。聞說雲英緲遺跡，滿天花雨下空濛。

一氣呵成，聲調亦佳。結韻謂仙路茫茫，可望不可即也。

碧霄洞看五老峯

前　人

歷遍天台萬疊山，更來雁宕叩巖關。不圖身到碧霄上，五老逢迎鬢已斑。

結韻有『烈士暮年』之感，而以五老反映之，妙。△按：十千能詩善畫，山水學盛子昭，謝思忠，詩文師事秀水蒲作英，山陰任堇叔。比年鬻畫海上，爲吳缶老高邕之所推許。予嘗過其所居青無盡齋，贈以詩云：「解后何殊水上萍，招要爾汝頓忘形。高齋合署青無盡，一度相逢眼便青。」

辛未元旦題畫

黃葆戊 字藹農，福建閩縣人。祖居長樂青山鄉，因自號青山農。破盆龕，蕉香館，永春堂，檢禁齋，隣谷草廬，皆其別署。福建師範學堂畢業，留學日本，任福建商業學堂監學，上海商務印書館美術部主任。有詩文稿，書畫集。

信手橅來畫一張，阿兒喜見躍呼孃。問他跪乳緣何事，孃道兒當學此羊。自注：『寫三羊，一小羊跪乳。』

結韻淺語具深意，足爲勸孝之一助。△按：藹農與予爲同門友，善書畫，工篆刻，性狷介，寡交遊，絕意進取。少孤，以書畫所入養母。其隸法嚴整，足與伊汀州何道州二家抗手。又精鑒別，商務印書館景印之名家真蹟，皆經其過目審定者也。與余別且二十年，辛未春，予居海上，重獲相見，比余卸事還里，作懷人詩二十五章，分寄海內同仁，其懷君詩云：『烏山舊雨如雲散，滬瀆浮萍逐水淹。別已卄年才一面，君仍地北我天南。』

甲戌春日題虎谿巖

林爾嘉　字叔臧，一字菽莊，祖居臺灣。乙未割臺內渡，歸籍福建龍溪，移居廈門。官農工商部侍郎、任廈門總商會總理。有菽莊詩稿。

幾度匡廬過虎溪，歸來還愛此山低。一登絕頂能觀海，不似雲深路易迷。

石遺室詩話：『余向笑鷺島之虎溪鹿洞，何必蹈襲廬阜兩地名。讀此詩標出勝處，益可以自立名號矣。山不厭高，還愛此山低，語妙。』▲按廈志：虎溪夜月，爲廈門八景之一。近闢新區，畫虎溪爲公園，楊紹丞主其事，鑿空開山，頓廓舊規。有風風，雨雨，浴日，待月，滴翠，蒸然，集賢，四望，諸亭；冷泉，聽泉，窩嵐，留雲，匚厂，玉壺，諸洞；之勝。所謂：『愛此山低』也。其上爲玉屏山，登高觀海，胸懷開拓。視匡廬之雲深路迷，迥不侔矣！

書感 錄一

龔　植 字樵生，福建晉江人。承蔭升用主事，加員外郎銜。有亦樓文鈔，亦樓印譜，栩栩別館詩存，篆隸源流考等。

王謝烏衣事已非，繁華久與素心違。堂前舊日雙飛燕，多在人家不肯歸。

結韻就劉禹錫詩，引伸其義，蓋不勝今昔之感矣！

閒居 錄一

前人

侵窗密雨濕輕紗，無數寒梅盡著花。一掬茗香閒領略，小爐活火試春芽。

閒情逸致，想見其人。△按：樵生爲詠樵太史子，能文辭，兼善金石書畫。爲予治小印頗多，今年屆古稀，猶能作蠅頭小楷，應我屢書畫展覽會之徵，蓋精力有過人者。

小樓與眇公寓次相連偶成一首

歐陽楨 字少椿，號耐雪，別署弢聿散人，福建厦門人。邑庠生，厦門旭瀛書院勵志學校教員，厦門大學講師。有弢聿散人印存，秋聲吟屋詩文稿，詞稿。

神交我輩總忘形，同是浮家感梗萍。忽有長房爲縮地，滄浪亭接醉翁亭。

用意切貼，運典自然。△按：少椿少喜塡詞，壯歲始爲詩，有精卓語。而隨手棄斥，多不存稿，朋輩中記其遺作，僅十數首，得毋珠玉銷沈之嘆耶！

十二月廿五夜作

蘇眇公 原名郁文，字鑑亭，號眇公，今以號行，福建海澄人。邑庠生，福建師範學堂畢業，歷主廈門福州，上海報政，集美學校廈門中學校教員。有眇公詩草。

西京王氣久銷沈，白下龍興直到今。不謂飛天輕一降，二陵風雨慘歸心。

西狩歸來萬姓歡，如雷爆竹破宵寒；令人苦憶吳淞役，抗敵殲仇一例看。

首章言　蔣公飛陝，幾遭不測；次章言脫險後，萬姓歡呼雷震，有似吳淞抗敵時也。詩筆排奡，足以稱之。△按：西安事變敉平，　蔣公南旋，而張學良亦來京待罪，是時適虎溪吟社拈雁聲爲題，予詩云：『天際清音遠，寒雲隔幾重，念羣寧見背，相失又相逢。』蓋有感於既懲背叛之愆，無損袍澤之誼焉。

刧後春 錄一

黃莪生 字曾惺，福建晉江人。邑庠生，廈門江聲報記者，泉州國學講習所教習。有詩稿。

花顏柳眼不情春，似寫春前離亂人。是處東風不寒乞，者番春比去年貧。

取裁唐音，巧力兼到。△按：曾惺寓廈主筆政多年，負才跌宕，詩亦肖其為人。為香奩體，捷而能工。

題畫

馬萬里 字曼廬，號天行散人，江蘇武進人。曾任京滬各藝術專門大學教授。著有萬里畫集，論畫雜錄，紫雪仙館印存若干卷。

記得朱欄隔絳紗，圓如珠顆色如霞。氷盤更有何人薦？夢繞秦淮水上槎。自注：『葡萄小卷。』

不即不離，亦妍亦雅，是近新城一派者。△按：曼廬工書畫，精篆刻，尤擅小詩。丙子冬，漫游至厦，數數過余寓齋，余得其所作竹筍圖，賦二詩送歸香江。詩云：『毗陵家世南樓筆，藝苑才名久擅場。留得丹青張素壁，風流恍接令公香。』『無多同調悵離群，島上逢君又送君。難遺別情風色好，嶺梅初放酒初醺。』

寄南社諸子

蘇　南　字幹寶，別署鑑保，號安民，福建南安人。官陸軍少將。有河園詩草。

霓裳法曲人間少，高詠尋仙日更繁。擬倣李謩竊餘響，肯容擫笛傍宮門。

用典恰切。其關合處，尤見自然。

夜深不寐

大　醒　別署隨緣，江蘇東台人，俗姓袁。有日本佛教觀察記，山居集，貝葉吟囊等。

夜深更覺山居靜，息慮才知妄想多。斜月半窗花影動，刹那轉變又如何？

『心猿不定，意馬四馳。』此學佛者之大戒也。惟知之，始能制之。石遺老人云：『初念不差，只怕刹那轉變耳；初念苟差，亦正賴刹那轉變耳。』可與此詩互證。

新安訪歐大歸舟口占

胡　巽　字軍弋，一字迺默，福建惠安人。福建公立法政學校畢業，歷充廈鼓中小學校校員，晉江地方檢察廳廳長。有迺默詩草。

睡起披衣趁早潮，片帆風勁雨瀟瀟。出山輸與入山好，雞犬桑麻話一宵。

實情實景，次第寫來，面面周到。結韻上句，意本少陵『在山泉水清』一語。下句足抵一篇彭澤桃源記。

臥夢梅花館夢內子持蓋重衾覺冰涼刺骨也

李　禧　字繡伊，福建廈門人。福建師範學堂畢業，思明修志局纂修，廈門大同中學教員，競存小學校長。有夢梅花仙館詩文集、謎集，紫燕金魚室筆記等。

憐爾重泉寒澈骨，五更尚念獨眠人。空堂一榻餘花影，便蓋鴦衾不是春！

古今悼亡詩充棟，鮮能出安仁微之範圍，此可謂別開生面矣。是真，是幻，是夢，是想，非過來人不能出此語。

桃葉渡

前人

記否淩波賦洛神？渡江恰自載娉婷。十三行賸隃麋墨，未抵秦淮一抹青。

芊緜婉麗，香草之遺。△按：桃葉渡久已移徙，故址在今秦淮利涉橋，余過此亦留題一絕云：『此亦當年一愛河，琅邪辛苦爲情磨。美人黃土今安在？打槳猶傳桃葉歌。」

集北溪別墅與子懌幼山小椿讀秋蟪草堂詩賦呈丹初主人

前人

聒耳茶笙話不成，牢愁容易動吟情。一燈遙共騷魂接，春夜如聞秋蟪聲

勁氣直達。結韻上句，意本定盦；下句就春夜扣到秋蟪，具見匠心。

搜篋得小豆棚說部賸句奉贈丹初

前人

開卷如聞嬉笑聲，劇譚記得坐三更。紫籐夜月黃瓜雨，便抵曾家小豆棚。

寓正意於旁意，借客位爲主位，此詩以調度勝者。用紫籐黃瓜，作小豆棚綫索，尤見不語空下。△余所居北溪別墅，與繡伊比隣。繡伊常偕社侶筆山吉人迤默子憚幼山秀人宜侯肖岑，夜來談藝，週或數集，更深始散，殆所謂氣味相投者歟？

鼓岡山弔明監國魯王墓 錄一

楊昌國 字宜侯，福建晉江人。福建教育行政人員講習班畢業，上海正風文學院肄業。有船亭詩草。

三百年來龍寂寂，明餘帝子久無家。玉魚金盌銷沈盡，祇有金門照落斜。

以興廢之事，寓憑弔之感，朱熹詩所謂：『弔古寧忘恨』者。雖然，民國崇祀孝陵，以清明日爲民族掃墓節，可慰王於地下矣。

野望

蘇甦　字警予，一字耕餘，福建南安人。中國國學院研究生，廈門同文中學教員。有隨天付與盧詩草。

河山破碎入黃昏，一段荒城鳥雀喧。極目蒼茫雲水外，盪胸浩氣接中原。

骯髒沈鬱，逼近定盦。△按：警予此詩，於甲子冬應廈門大學詩學研究會之徵，而獲首選者。

過呂西村先生故居

謝龍文 字雲聲，以字行，號甲盧，福建晉江人。中國國學院研究生、廈門同文中學教員。有民俗學叢書，靈簫閣謎話，泉州史薈，閩南著述考，夜眠遲樓詩草。

師友凋零感慨頻，前朝文物半淪湮。即論東谷西村輩，骨董能談有幾人！自注：『吾廈金石書畫家葉東谷呂西村，在咸同間，頗負盛名。』

先輩云亡，風流頓盡，有慨乎其言之也。

上林處士墓

虞　愚 字德元，號竹園，浙江山陰人。廈門大學畢業，任廈門大學助教，閩南佛學院省立廈門中學教員，有因明學竹園詩草等。

淡煙疎柳有餘哀，處士高風入夢回。白鶴不歸山寂寂，一天風雨落殘梅。

詩宗晚唐，饒有神韻。

題秦淮畫舫錄後 錄一

陳治平 字覺夫，號十願居士，福建晉江人。廈門同文中學畢業，宿務中華學校教員。有琴心劍膽樓詩草。

淪落青衫感寂寥，花愁難遣酒杯消。無端灑盡相思淚，添作秦淮日夜潮。

此覺夫同文課藝之作。石遺老人賞之曰：『頗婉而多風。』

得家書題二十八字

前 人

惱我依人作嫁難，感卿雙鯉勸加餐。牽衣索果嬌兒事，寫入家書便愛看。

結韻性靈語，得力於隨園。

蟬

王　眞字道眞，號耐軒，福建侯官人。子仁女。能畫，能詩文詞。

抱枝飲露自甘心，不爲風多減卻吟。猶恐晨朝攙俗韻，滿林唱徹五更深。

石遺室詩話：「全首從義山詩翻出，「自甘心」三字，用和靖語，身分恰合。第二句，又所謂：「不惜十指絃，爲君千萬彈」也。」

抄詩入夜

前　人

曾因弱病累心驚，每爲翻書問幾更。今夜悽然燈下坐，猶疑隔室喚兒聲。

石遺詩話：「此憶其亡父之作也。耐軒憶父作甚多，此首最真切。」余極賞之，蓋思親述苦之狀，有同痛焉！▲按：耐軒爲石遺先生女弟子。壬申秋，余至吳門，訪先生於聿來堂，耐軒亦在座，示余華山遊記，又親見其作畫；爲介之吳待秋畫家，談藝竟日，蓋一妙齡才媛也。

中華民國廿六年六月初版

一冊定價四角

近代七言絕句續集

選評者 陳桂琛

校訂者 陳樹蘭

發行者 廈門勵志學校

承印者 吳寶文印書館 廈門新路頭街

分售處 廈門商務印書館
廈門中華書局
廈門世界書局
廈門良友公司
及各埠各大書局

同文書庫·廈門文獻系列

第一輯

壹　小蘭雪堂詩集
貳　固哉叟詩集　寄傲山房詩鈔
叁　紅蘭館詩鈔
肆　寄傲山館詞稿　壺天吟
伍　林菽莊先生詩稿
陸　夢梅花館詩鈔
柒　寶瓠齋襍稿（外三種）
捌　甲子雜詩合刊　菲島雜詩　海外集
玖　稚華詩稿
拾　同聲集

第二輯

壹　賦月山房尺牘
貳　禾山詩鈔
叁　揮麈拾遺
肆　頑石山房筆記　紫燕金魚室筆記
伍　臥雲樓筆記
陸　止園詩集　鐵菴詩存
柒　陳丹初先生遺稿（外一種）
捌　繡鐵盦叢集　繡鐵盦聯話
玖　二菴手札
拾　虛白樓詩

同文書庫·廈門文獻系列

第三輯

壹　椽筆樓初集

貳　吳瑞甫家書（外一種）

叁　菽園贅談

肆　臥雲樓雜著

伍　曠劫集

陸　紅葉草堂筆記　感舊錄

柒　松柏長青館詩

捌　海天吟社詩存　鷺江乙組梅社吟草

玖　菽莊叢刻（外二種）

拾　近代七言絕句初續集